〔日〕东野圭吾 著
李盈春 译

侦探俱乐部

南海出版公司

新经典文化股份有限公司
www.readinglife.com
出 品

目 录

伪装之夜 /1

圈套之中 /61

委托人之女 /97

侦探的使用方式 /135

蔷薇与刀 /177

伪装之夜

偽装の夜

1

干杯在紧张而又略带害羞的氛围中进行。发起人是胖胖的营业部长,这是几小时前就指定好的。顺利完成这个艰巨的任务后,营业部长用白手帕擦了擦额头的汗,回到自己的坐垫上。

"您辛苦了!"

营业部长旁边,一个三十来岁、身材高挑的男人小声说。他身穿剪裁得体的深蓝色西服,看上去就像普通的银行职员,只有锐利的眼神显示他绝非等闲之辈。他叫成田真一,是大型超市的经营者——正木藤次郎的秘书。

"我刚才做得怎么样?"营业部长问成田,"没出什么差错吧?"

"是的,很漂亮。"成田露出微笑,"就像达·芬奇的画那么完美,没有任何瑕疵。"

"谢谢。"营业部长看起来心满意足。

二月的一天,在正木家的和室里隆重举办了庆祝正木藤次郎喜寿的宴会,到场者多达五十余人。主办者是藤次郎的女婿、副社长正木高明，他坐在藤次郎身旁，正殷勤地斟着酒。

不光高明，可以说几乎正木家所有男性，都以不同的形式在藤次郎的公司里任职。正因如此，公司名副其实地成了藤次郎的独裁政权，要想在公司里立足，首先必须获得他的赏识。

刚才领头干杯的营业部长则是藤次郎的外甥。

"你看坐在那边的高层人士，他们都想借这个机会向社长推销自己呢！"

一个坐在末席的年轻人边喝啤酒，边和邻座年龄相仿的男人窃窃私语。他们俩都是来给各自的上司当跟班的。

"因为不管怎么说，人事安排的最终决定还是由社长一句话说了算啊。"

"听说连副社长也完全没地位可言。"

"怎么可能有地位！你看，副社长旁边不是坐了一个穿和服的女人吗？她是社长的女儿，副社长是个入赘女婿。"

"专务董事也是社长的儿子吧？"

"那个倒是亲生儿子，不过和副社长夫人是同父异母的姐弟。他叫正木友弘，是社长和第二任夫人所生的儿子。原配夫人据说病故了，大概是社长在床上过于勇猛，她身体吃不消了吧。"

两个年轻人从会场角落朝正木藤次郎望去，那个满头白发的瘦小男人就是藤次郎，旁边身材匀称、略有些啤酒肚的男人便是高明，油光发亮的额头给人以精力充沛的印象。

坐在藤次郎另一边的是个三十岁左右的女人，身穿白色晚礼服，一边用餐一边倾听藤次郎和高明的对话。她的头发盘在脑后，无论是不时露出的笑容，还是不经意的一举一动，无不散发着妖媚的风情。

"那个大美人是谁?"其中一个人问。

"你不知道吗?那是社长的新夫人啊,算起来已经是第三任了。"

"夫人?他们年龄不是差了一大截吗?"

既然是喜寿,说明藤次郎已经七十七岁高龄了。

"还不都是金钱的魔力。那位夫人肯定也算准了社长顶多还能再活十年。"

"原来如此。可是没听说第二任夫人过世的消息呀,难道是离婚了?"

另一个年轻人压低声音说:

"去年就有小道消息说他们分居了。不过一旦离婚,女方准会索要巨额补偿金,少说也得三亿,不,五亿。"

"嗬!"对方听后不禁咂舌,"这简直是天文数字嘛!不过以社长的身家来说,也只是九牛一毛吧?"

"谁说不是呢。但据说社长是个不折不扣的守财奴,虽然是照理应该给的钱,恐怕也懊恼得眼泪都要流出来了。"

"照这么说,那位新夫人等于是花五亿元买来的。"

"各人有各人的价值观,那也没什么。不过要是花了五亿后自己那话儿却不听使唤了,可就欲哭无泪啦。"

"社长今年七十七了吧?很有可能哦!"

咯咯咯,两个年轻人淫猥地窃笑起来。

担任寿宴主持人的是成田,他对照着手表和流程单上的时间,确认分毫不差后，满意地点了点头。这样隆重的场合如果出了差错，可就不成体统了。

"辛苦你了。"

有人伸手拍他的肩膀，是个个头不高、体格却很壮硕的男人，声音也铿锵有力，给人一种气度非凡的印象。他在成田面前举起酒壶。

"不敢当，正木专务。"

成田正襟危坐，低头鞠了一躬，角度就像量角器一样精准，然后举起手中的酒杯，接受正木友弘的斟酒。

"姐夫对父亲还真是殷勤啊。"

友弘看着黏在藤次郎身旁的高明说，语气里掺杂着嘲讽和不满。

"因为副社长向来就是个热情的人啊。"

听成田这样说，友弘嘴角露出诡异的微笑。

"他一向很热情吗？原来如此啊。毕竟只要父亲一不高兴，副社长也好，专务也罢，都得立马卷铺盖走人。"

友弘再次拍了拍成田的肩，继续拿着酒壶走向其他客人。

的确如此——成田望着他的背影暗忖。社长要开除个把专务，的确是易如反掌。"像这种货色，大把人可以取代"，藤次郎经常对成田这么说。现在公司的管理层几乎都是靠关系上来的，而不是凭借实力出人头地。

高明却和这些人截然不同。他与正木家毫无瓜葛，却因为才智过人得到藤次郎的器重，招他做了女婿，视他为最得力的臂膀。虽然友弘是我的亲生儿子，但高明才是我的继承人——这句话藤次郎经常挂在嘴上。

　　藤次郎的正牌夫人文江不速而至，是在寿宴进行过半、气氛变得相当融洽的时候。当时靠近末席的纸拉门突然被拉开，一个身穿和服的胖女人怒气冲冲地扫视会场。

　　在众人的屏息注视下，文江缓缓向藤次郎走去。儿子友弘喊了声："妈妈！"但她充耳不闻。

　　她来到藤次郎面前，直勾勾地盯了他一会儿，端正地坐了下来。

　　"什么事？"

　　藤次郎盘腿而坐，握着酒杯低声问道。脸上的表情丝毫不变，不愧是个狠角色。

　　文江从手袋里取出一张折叠整齐的纸，放在面前。

　　"这是你要的东西，我给你送过来了。离婚协议书。"

　　会场顿时一阵骚动，但马上又安静下来。

　　"妈妈，您何必在这个时候……"

　　高明从旁插嘴，但藤次郎说声"没关系"，制止了他。

　　"成田！"接着，藤次郎唤了声秘书，下巴指了指文江拿出的那张纸。

　　成田毕恭毕敬地走了过来，将那张纸交给藤次郎。藤次郎打开后看了片刻，然后同意似的点了点头。

　　"明天一早就把这个寄出去。"他把纸递给了成田，然后对文江说："你终于送过来了。补偿金我会准时汇到你的户头上。"

　　"麻烦你了。"文江面无表情地鞠了一躬。

　　"既然来了，就尝尝这里的菜吧。今天的菜式都很精致。"

"不用，我这就告辞了……"

"哦……"

文江再次低头致意后，霍然起身，在人们的注视下迈着稳健的步伐离开。直到纸拉门关上，她的身影消失，会场僵硬的气氛依然没有缓和。

"成田！"藤次郎叫道。

"是！"

"我去房间休息一会儿，宴会继续进行。你们再多喝点，今天稍微晚一些也没关系，要把气氛炒起来！这点小事就吓得战战兢兢，像话吗？"

"明白了。"成田应了一声，心里觉得很有趣，原来社长也难以忍受这种冷场。

虽然文江的出现让会场气氛降到冰点，但随着酒菜增加，卡拉 OK 开始，又逐渐恢复了原来的状态，一小时后已经呈现一派热闹景象。高明过来向成田耳语："差不多该散席了吧？"成田一看手表，已接近九点。

"不用叫社长吗？"

"不，还是叫他吧，让他最后简短讲几句。可以劳烦你去叫一下吗？"

"好的。"

成田离开会场，沿着长长的走廊前往藤次郎的书房。

来到房门前，成田敲了两次门。拳底传来沉闷的响声，但房间里却没有回应。

奇怪呀。

成田试着转动门把,但门被反锁,打不开。

"社长!"

他提高嗓门喊道。藤次郎最近开始耳背,如果睡着了,细微的声音是叫不醒他的。

然而依然没有回应,成田只得回到会场。卡拉OK大会还在继续,他走到一脸不耐烦的江里子旁边,向她说明了情况。

江里子掠了掠盘起的头发,抬头看着成田。

"的确是啊,他最近耳朵很背,真叫人着急。果然上了年纪啊!"

"您有钥匙吗?"

"有是有……算了,我和你一起去吧。"

她站起身,跟在成田后面。

"我说,"走在长长的走廊上,江里子在成田耳边低语,"那个计划……怎么实施?"

"请你注意场合,难保不会被人听到。"成田目不斜视地说道。

"怕什么,谁也不在呀。只要他和前妻顺利离婚,我正式成了他的妻子,就可以立刻行动了吧?"

"不能太快,那样只会招来怀疑。半年……不,你还是忍上一年为妙。等过了这么长时间,就可以伪装成病故了……我是这么打算的。"

"一年?太长了吧!"

"这点时间你总要忍的。只要熬过去,一辈子都可以享清福了。"

"和你一起……对吧?"

"你声音太大了!"

9

成田责怪她。这时,两人已经来到藤次郎书房门口。

"夫人,麻烦您开下门。"

他把门前的位置让给江里子。江里子向他抛了个媚眼,把钥匙插进锁孔,转动了一下。咔嚓一响,锁开了。

"老公……"

江里子边喊边推开门,但刚往屋里一看,就惊得倒抽一口凉气。几乎与此同时,成田也看到了书房里的异状。江里子身体微微发抖,受她感染,成田的腿也开始哆嗦。

书房中央吊着一具尸体,在空中慢慢地晃动着,脸还不时转向成田他们。

就在这时,身后传来由远而近的脚步声,接着响起高明的声音。

"怎么了,社长还在休息吗?"

高明站在成田他们背后向室内望去,下一瞬间,他从喉咙深处发出几乎不成声的尖叫。

2

"我们先出去吧!"

成田扶起快要瘫坐在地的江里子,推着震惊得说不出话的高明出了书房。出门时,他关了电灯,为的是防止有人从窗外看到尸体,引发混乱。

"门最好也锁上。"

成田从江里子手里接过钥匙,锁上门后又还给了她。

"总之先去别的房间考虑善后处理吧,在这种地方像没头苍蝇一样乱转,会惹来别人怀疑的。"

"你说的善后处理……"

江里子好容易才发出声音。

"待会儿再详细解释。哪里还有空房间吗?"

"去会客室好了,应该不会有人来。"高明说。

"那我们快走,到那儿再商量。"

摸不清成田用意的两人犹豫不决,成田推搡着他们快步走了出去。事态极为不妙,必须马上考虑对策——他的头脑飞速运转着。

高明和江里子分别坐在沙发两侧,成田则站在可以同时看到两人的位置。门已经上了锁,高明也担保这个房间的隔音效果很可靠。

"为什么社长会自杀……"高明喃喃自语。

"最近他有躁郁症的迹象,再加上刚才文江夫人的刺激,也许一时冲动就做出此举。重要的是……"成田看着发愣的两人说,"现在该怎么处理?"

"还能怎么处理,只能报警了吧。"高明叹了口气,"这也是没有办法的事,要是有可能,我也不想让社长自杀的丑态暴露在世人面前啊!"

江里子却猛烈摇头。

"不行,不能报警!这一点我绝对不同意!"

"为什么?"高明问。

"因为我还没正式成为正木的妻子啊。要是他就这么死了,我岂不是一分钱都拿不到？"

江里子把一头长发披散下来，抓得乱七八糟。高明显然也拿她这副模样没辙，想了一会儿，他嘴角一翘，露出一丝笑容。

"这也是迫不得已嘛，你只能自认倒霉了。回想起来，也算是你自作自受。不过社长不是以你为受益人买了巨额寿险吗？虽然不清楚具体数字，但少说也有一亿。有了这笔钱，你应该也咽得下这口气了。"

可能是想到了保险金，江里子的表情有所缓和。受益人所获保险金的总额为三亿元——按成田的记忆是这样的。但成田哭丧着脸宣布：

"被保险人自杀的情况下，合同必须满一年才能拿到保险金。社长以江里子为受益人的保险合同是从去年生日的两三天后生效，如果就这么当作自杀处理，江里子可就什么都拿不到了。"

刚才成田认为事态极为不妙，就是因为想到了这一点。

"那遗产和保险金都落空了？"江里子歇斯底里地嘶喊。

"可以这样说。"

"我不要！"江里子再次揪扯着头发喊道，"我和那死老头交往了快一年，到头来竹篮打水一场空，这也太过分了吧！"

"谁叫你运气不好呢。"高明冷冷地说。

"对了，"江里子用求助的眼神看着成田，"能不能把他弄得看起来像他杀？那样就能拿到保险金了！"

"不行。"不等成田回答，高明就插嘴了，"如果伪装成他杀，警察会反复调查，反而会把事情复杂化。同样是伪装，不如伪装成意外身亡，这样正木家也能保住体面，你也能拿到保险金。嗯，这个法子不错！"

"行不通。"

说话的是成田。他交替看了看两人，冷静地补上一句："不管伪装成他杀还是意外都行不通。"

"为什么？"

"会败露的。"成田直视着高明，"绝对会败露。无论伪装得多么巧妙，警察都不可能把上吊自杀的尸体误认为他杀或意外身亡。只要看绳索的勒痕就一目了然了，从瘀血的状况也很容易作出判断。"

"这么轻易就能看出来？"

"很简单。一般情况下自杀还是他杀或许难以辨别，但上吊和勒死的判断却是法医学的基础知识，连警校的教科书里都有这方面内容。"

高明向江里子摊了摊手。"好像办不到。"

听了成田的解释，江里子似乎放弃了刚才的念头，但依然不肯死心，看着成田问："还有什么办法？"

成田将锐利的目光移向高明。"先不谈江里子的保险金问题和正木家的体面，对副社长您来说，现在公布社长的死也很不利。"

"不利？"

"首先是遗产。按照现在这种情况，文江夫人将继承二分之一，剩余的二分之一由您夫人和专务两人平分。"

"为什么？他们俩不是离婚了吗？"

"只要离婚协议还没呈送政府机关，就不具备法律效力。这是常识。"

文江同意和藤次郎离婚是有缘由的。她的哥哥事业失败，背负着巨额债务,她打算把从藤次郎那里获得的补偿金拿给哥哥融资。但如果现在公布藤次郎的死讯,她显然会打消离婚的念头。

"你说'首先是遗产',"高明神情凝重地问成田,"那还有其他不利因素吗?"

成田面对着高明,先以一句"可能只是我杞人忧天"作为开场白,然后说道:"如果文江夫人确有此意,她很可能会掌握公司的实权,她的儿子正木专务也会登上社长宝座。"

"这样啊……"高明移开视线,沉吟道,"因为那对母子将会继承我岳父四分之三的财产。"

"您明白了吧?"

"明白了。"高明深深点头,"可是明白归明白,也没什么法子好想吧?还是说你有什么妙计?"

成田轻吸一口气。

"要避免这种事情发生,只有一个办法,就是推迟公布社长的死讯。先让社长与文江夫人的离婚协议生效,随后再向外界宣布。"

"可万一故意藏匿尸体的事情败露,不就麻烦了吗?"

"那当然。我们就假装社长从明天起外出旅行,几天之后失踪。发现尸体的时间最好是在一个月后,过了这么久,两三天的差距也可以蒙混过去了。地点就定在轻井泽的别墅附近吧,记得那里有一片茂密的森林。"

"还是按照上吊自杀处理吗?"

成田点了点头。"是的。在这上面做手脚很危险,我觉得没必要。这样警察也好,民众也罢,都能理解他独自旅行的意义了。"

高明交抱起双臂,皱起眉头盯着空中出神。可能他也在默默思量，下这种危险的赌注有几成胜算。

成田又转向一直怔怔地听着他说话的江里子。

"怎么样，江里子小姐？"

江里子慢慢地抬头看着他。

"能成功吗？"

"这我不敢打包票。不过只要我们巧妙地制造出社长三天后依然在世的假象，就算保险公司会调查一下，最终还是会支付保险金的。现在只有一个问题：要不要搏一把？"

"当然要！"江里子毫不犹豫地回答，"反正失败了也没损失，不搏就亏了。"

"副社长呢？"成田问高明。

他抚摸了几下自己的圆下巴，语气沉重地答道："看来别无选择了啊。"

"那就这么定了。"成田尽力保持着冷静说，"首先我们今晚该怎样掩饰呢？假装一无所知也是个办法，但最后见到社长的只有我们三个人，让我有些不放心，我想再找一个人当证人。"

"我反对。知道这个秘密的人当然是越少越好。"

成田听后微微一笑，露出雪白的牙齿。

"我当然不打算再增加同伙，这也没有意义。我的意思是，要另找一个人来确认社长还在世。"

"社长还在世？你说什么傻话呢！他不是已经死了吗？"

"所以说，"成田指着自己的太阳穴，"要用脑子嘛。"

三人走出会客室，再次进入藤次郎的书房。藤次郎那枯瘦的身体犹如木偶般悬在半空,江里子把脸扭向墙壁,不敢看尸体一眼。

"先把尸体放下来吧。"

"我来帮你。"

成田和高明两人合力把藤次郎放了下来,勒在他脖子上的是一条色彩鲜艳的红白色绳子。这绳子是从哪儿来的呢?成田正想着,不小心手上一滑,藤次郎的头撞到了地上。

"小心点,你没事吧?"

"没事,不好意思。"

成田慌忙把尸体抬起来,这时他发现地板上有个白色的东西在滚动。那是藤次郎的门牙,镶上去的假牙。成田用另一只手捡起,塞进自己的西装口袋。

两人把藤次郎的尸体搬到书房角落的床上,盖上毛毯。

接着,成田操作起藤次郎书桌上连接电话的录音机,按下播放键。喇叭里顿时传出藤次郎嘶哑的声音和另一个低沉的男声,两人听起来是在讨论商品的流通途径。

"那个人是营业部长,谈话的内容我大致知道。"

高明说。藤次郎有一个习惯,凡是他认为很重要的场合,一定会将电话内容录音。

"那就把部长的声音消掉吧。"

成田慎重地播放着磁带,把和藤次郎通话的部长的声音消去。这么一来,磁带上就只剩下藤次郎的声音,中间伴随着无规律的无声间隔。

完成这项步骤后,成田拿起话筒打到厨房。耳畔传来女佣麻子的声音。

"麻子吗？我是成田。不好意思，请你送一杯咖啡到社长书房来。嗯，一杯就可以了。"

"我马上送过来。"听到麻子的回答后，成田放下电话。

"她很快就过来了，我们快做准备吧。"

所谓的准备就是——

首先江里子穿上藤次郎的长袍，戴上他常用的毛线帽，把帽檐压得低低的，然后坐在背朝门口的沙发上，摆出很随性的姿势，让别人只能看到长袍的肘部。

高明则坐在斜对面。江里子的位置离门有好几米远，如果从门口看过来，就好像藤次郎正在和高明谈话。而录音机就放在两人脚边。

"很完美！"

成田满意地点了点头。就在这时，外面响起敲门声，高明按下录音机开关，开始传出藤次郎嘶哑的嗓音。

成田做了个深呼吸后打开门，麻子出现在他面前。她扎着马尾辫，素面朝天，手里的咖啡香气扑鼻，正袅袅地冒着热气。

"咖啡我端过来了。"

"辛苦了。"

成田回头看去，高明正对着录音机里藤次郎的声音拼命唱独角戏。

"价格再低，质量也不允许下滑！"这是藤次郎的声音。

"并不是降低质量，只是用低价扩大销售市场而已。"高明说。

"总之，这次还是按照以前的做法做吧。"藤次郎说。

成田向麻子苦笑了一下，小声说："咖啡先放我这儿吧。"一边伸手去接托盘。

"那就麻烦您了。"麻子微微鞠了个躬,把托盘递给他。

确认麻子已经离开后,成田把只打开一条缝的门关紧。

"辛苦你们啦!"

两个正在演戏的人闻言立刻站了起来。

"好紧张,这跟实际的声音差别很大啊!"

"多少都会有一点,这也是难免的。因为知道是磁带里的声音,我心里也有些忐忑,好在她应该没发现。先不管这些,我们赶快把东西收拾好。"

成田从江里子手里接过长袍和帽子,随手扔到沙发上。他认为这样看起来更自然。

江里子拿起咖啡杯,把还冒着热气的咖啡泼到窗外。

"牛奶是白色的,太显眼。"

江里子从旁边的面纸盒里抽出一张纸,将杯里的牛奶吸干后,扔进废纸篓。

高明将录音机放回原位,抽出磁带,换成原本放在桌上的另一盒,接着以视察各地分公司的架势检视房间。

"看样子没问题。"

"窗户锁上了吗?"

"牢牢地锁着呢。"

"那先出去吧。"

三人走出藤次郎的书房后,江里子锁上门,然后一起迈向会客室。

此时已过九点半。

走进会客室后,成田对高明说:

"我们几个一起回会场不太自然,副社长您先回去吧,我们俩过几分钟再过去。如果有机会和别人搭话,您就发牢骚说,本想去看看社长,没想到被拖住谈了很久公事。至于社长的尸体,等宴会结束后再来处理好了。"

"好的。"

高明匆忙地点了点头,打开门瞄了一下外面的情形后便离开了。

这样等于是卖了新社长一个人情,成田暗自窃喜。本来他就和正木家非亲非故,能当上秘书,纯粹是由于藤次郎个人的赏识。公司的管理层中,不少人把他当奸细看待。对于藤次郎的死最伤心的,恐怕就是他了。

除了讨好新社长之外,更重要的是抓住了他的把柄。对于成田来说,这次的伪装计划也包含了这层目的。

他走到门口,再次把门反锁,然后转向江里子说:"大局已定。"

江里子拖着虚弱的脚步走到他旁边,像病人般靠到他身上。

"不会出什么岔子吧?"

"不会的。"

成田抓着她的双肩,温柔地扶着她。"问题在于你是否有决心和勇气,这是成败的关键。"

"我该怎么做?"

"要做的事情很多,有难度的也不少。"

成田放开她,环视着会客室。

"我们要伪装成社长明天一早就出门旅行,所以今晚必须准备好旅行用品。"

"等宴会结束后,我马上着手准备。"

"还有……"成田难以启齿似的顿了一下,继续说道,"我们要让人以为社长是开车出去的,如果车还停在车库,就很难自圆其说了。你应该会开车吧?"

"嗯……"

"不好意思,能不能帮我把车开到轻井泽?"

"可以是可以,你该不会是……"

江里子脸上掠过一丝不安。成田目不转睛地盯着她。

"是的,我希望你把社长的尸体也一起运过去。当然,我会帮你搬上后备厢的……你什么都不用想,只管开车就好。把车开到那边后丢下就行了,过几天我会去善后。"

江里子的眼中交织着困惑、踌躇和恐惧。成田直视着她的目光仿佛在说,我知道这对你来说很残酷,但是……

过了一会儿,她终于认命似的慢慢点头。

"好吧。现在只有横下心干到底了。"

"拜托了。"

成田再次抱紧了她。

"谢谢各位在百忙之中拨冗光临。托各位的福,社长也表示度过了一个愉快的生日。本来想请社长发表几句感言,但他有些疲倦,所以就此失陪了……"

高明致辞过后,宴会终于结束。这时是十点,来宾们纷纷踏上归途,但会场的工作人员要等到全部收拾完才能回去。成田对江里子说，可以去准备旅行用品了。

"不要让任何人看见，把房门锁好。"

"我知道了。"她脸上泛起红晕。

江里子的身影消失后，高明的妻子凉子走到成田身边，她似乎是刻意等江里子走了才过来。

"父亲情况怎样？"

"应该只是有点疲劳，现在正躺在书房的沙发上休息……"

"是嘛。"

凉子从成田身上移开视线，沿着走廊走向藤次郎书房的反方向。高明和凉子的房间在那边。

等会场清理完毕，确认所有人都离开了之后，成田再次向长廊走去。来到会客室前，他尽量不出响声地敲了敲门，里面没有回应，但门被打开了几厘米。高明锐利的目光透过缝隙向外看了看，然后走出会客室。

"书房的钥匙呢？"

高明一边注意周遭的动静，一边问道。

"在这里。"

成田把刚才从江里子那里拿到的钥匙交给高明。

"那我们去搬尸体吧。"

高明的声音异样地尖锐。

两人正走在去藤次郎书房的路上，突然听到前面传来敲门声，紧接着是呼唤声："大老爷！"

高明和成田对视了一眼，显然有人在敲藤次郎的房门。

两人快步赶到后，发现女佣麻子正咔嚓咔嚓地转动门把，一副纳闷的模样。高明立刻上前问道：

"你在做什么？"

可能是他的声音太大，麻子惊得身子一僵，脸色苍白地回过头。

"我来给大老爷送水……可是门上锁了……"

她向高明他们示意托盘上的水壶和杯子。

"今天晚上就算了吧。"高明挥着右手说，"社长太累了，今晚就不需要了。"

麻子迟疑地看了看水壶，又看了看两人，可能觉得既然高明这么指示就没必要犹豫了，于是问道："那我就回去了，可以吗？"

她是和藤次郎交情深厚的一个批发商的女儿，来正木家是为了学习结婚所需的家务技能。而她每天的最后一项工作就是把水壶送到藤次郎的房间。

"嗯，回去吧，路上小心点。"

听到高明这样说，麻子放心地舒了口气，说声"我先告辞了"，沿着走廊离开。水壶与杯子的碰撞声渐渐远去。

成田略显不安地问高明：

"不会有其他人来社长的房间了吧？"

"有个叫德子的老用人住在家里，但她不负责照顾社长，没关系的。"

成田认同似的点了点头，望着麻子离去的方向心想，但愿她没有注意到我们不寻常的举动……

这时，成田背后响起咔嚓的开门声。

3

第二天早晨,正木家一片大乱。高明、凉子夫妇带着长子隆夫、长女由纪子、次女弘美,与藤次郎的新欢江里子、秘书成田、女佣麻子及年老的用人德子,共计九人集合在餐厅,每个人的表情都很复杂。

"也就是说,"凉子瞪着江里子问,"发现父亲失踪是在今天早上?"

"是啊。"江里子也不甘示弱地回瞪着她,点了点头。

"昨天晚上呢?宴会后你没去父亲的房间吗?"

"去了,但房门上了锁,我以为他已经睡了,就回到自己的房间。"

"是吗?"

凉子冷静地盯了江里子片刻,又将视线移向丈夫。

"你最后见到父亲是什么时候?"

高明坐在椅子上,双臂抱在胸前回答:

"宴会的中间。我想让他在散席前讲几句话,就去书房找他。当时他正坐在椅子上抽雪茄,我请他在宴会结束时致辞,他说自己很累,叫我随便讲点什么。之后我们又谈了一会儿公事,成田和江里子小姐也都在场。"

"他说得没错。"站在高明旁边的成田微微点头道,"记得那时我还让麻子送咖啡过来。"

说着成田向麻子望去，麻子立刻挺直身子回答："是的。我去的时候，大老爷和老爷正在谈话。"

"之后就谁也没见过他了吧？"

凉子扫视着在场所有人。没有人出声，三个孩子一脸无聊，仿佛在说：这跟我有什么关系。他们连昨晚的宴会都没有参加。

她再次看着年轻的女佣。

"麻子，你不是每天都要送水到父亲房间吗？"

麻子有些慌张，结结巴巴地说：

"可、可是房间的门锁着，敲门也没反应。我正不知所措的时候，看到了老爷，他说今天社长很累，不用送了，于是我就离开了。"

"确实是这样。"高明也证实道。

凉子皱起眉头苦苦思索，两眼茫然出神。"这么说来，父亲是在宴会中间到今天早上这段时间里去了什么地方？可是究竟去了哪儿呢……江里子小姐，你真的一点头绪都没有吗？"

"没有。"

凉子的语气明显带着责难，江里子不禁有些恼火，没好气地回答。

"妈妈，我们可以离开了吗？"

这时，长子隆夫代表三兄妹开口了。"我们昨晚没见过外公，就算他突然去了哪儿，我们也不可能知道啊，待在这里有什么意义呢？"

妹妹由纪子和弘美也点头表示赞同。

凉子看着隆夫沉吟了一会儿，可能觉得他的话也有道理，于是同意三兄妹离开了。

"要报警吗？"

孩子们离去后，一直默不作声的老用人德子提议道。她在这个家已经服务了近三十年，因此在某种意义上，说话的分量仅次于凉子。

"现在就把事情闹大，恐怕不太好。"凉子说，"也许父亲只是一时兴起去了什么地方，我们再看看情况吧。"

"而且社长失踪的事如果被员工知道，公司的运营也会受到影响。"

高明也赞同凉子的意见。

最后，大家达成观望一天的决定后解散。

高明去公司上班了，成田则留在正木家的会客室里，把所有藤次郎可能去的地方逐一打电话问了个遍。他心里当然明白，这种努力纯粹是白费力气，但凉子就在一旁忧心忡忡地看着他，如果不尽力寻找藤次郎，势必会招致怀疑，所以他不得不把这场戏演下去。

"这样啊……嗯，我知道了，打扰您了。"

打完几通电话，成田向凉子摇了摇头。凉子轻声叹口气，垂下了目光。

"工作方面社长可能去的地方已经全部联系过了。"

"你辛苦了，接下来我来联系亲戚吧。"

把电话递给凉子后，成田走出会客室，前往江里子的房间。江里子住在二楼，但她此时却呆坐在铺着毛毯的地板上，一脸无奈。

"啊，成田你来了。"

她求救似的抬眼看他。

"真是出乎意料啊。"

成田叹了口气坐到她旁边,点上一根烟。"没想到社长的车竟然出了故障,最近一直坐的是公司的车。"

"现在该怎么办呢?"

"社长旅行用的行李你收拾好了吗?"

"嗯。"江里子无力地点点头。

"那你就什么都不用做了,和之前一样,继续装作一无所知就好。"

"可是现在已经闹翻天了啊,听凉子的口气,迟早会报警处理,那样我们的计划不就都败露了吗?"

"这一点暂时不用担心,副社长不会让她这么做的。"

"说得也是。"

"现在已经没有退路了,你不想要财产了吗?"

"嗯……当然想要啊。"

"那就照我说的去做。我先去一趟市政府。"

眼下的当务之急就是要让离婚协议生效。

不料成田刚走出江里子的房间,麻子就来通知他正木友弘来了电话。成田顿时有种不妙的预感。

果不其然,友弘要求不再向市政府提交那份离婚协议。

"这是为什么?"成田压抑着情绪问道。

"呃,昨晚寿宴结束后,我给母亲打了个电话,问她是否真的想离婚,随后她本人也感到后悔,希望再考虑一下。虽然她已经在离婚协议上签了字,但还没有正式提交给市政府,现在改变心意应该还来得及。本来只要向市政府申请不受理离婚协议，他们就会不予受理，但现在先跟你说一声，也就省去那番手续了。"

"原来如此。"成田对着话筒咽了口唾沫，"我明白了。"

"那就拜托你了。"

"再见。"

放下电话后，成田意识到事情不妙。不知道友弘是从成田打过电话的公司相关人员那里，还是从凉子询问过的亲戚那里得到消息，总之他很可能得知了藤次郎失踪的事。人一旦失踪，死亡的可能性就很大，对于文江、友弘这对母子来说，正是一个求之不得的继承遗产的机会。他们肯定是想到了这一点，才迫不及待地通知成田改变了想法。

事已至此，或许该放弃卖高明人情的策略了，成田想。现在只能全力替江里子争取保险金了。

这是唯一的选择。

成田幡然变计。

这天晚上，在餐厅再次召开了家庭会议。除了早上的九人，友弘和妻子澄江也到场参加。

"大小姐，我看最好还是报警。"

德子对凉子说，而高明提出反对意见。

"从目前的情形来看，社长也有可能是自己离家出走，我不赞成交给警方处理。"

"可是，谁也想不出他这样做的目的啊。我倒觉得被人带走的可能性更大。"

说话的是友弘。站在他的立场上，当然倾向于能尽快确认藤次郎生死的处理方式。

"被人带走？怎么做到的呢？这里可不是没人住的公馆啊！"高明说。

"就算不能强拉硬拽，还可以把他从家里骗出去嘛，我相信一定有法子办得到。"

"照你这么说，就更不能报警了。因为能把社长骗出去的，不是亲戚，就是很熟悉的人。"

两人争执不下，凉子只是默默地听着。是在反复斟酌是否该报警，还是在考虑其他的事，旁人无从知晓。

"姐姐，该如何是好呢？"

就在友弘过来问凉子时，门口的内线对讲机响了。好几个人像突然触了电一般，表情一阵抽搐。

"这么晚了，会是谁啊？"高明恼火地说。

德子拿起对讲机，小声交谈了一番，然后走到凉子身边，在她耳畔低语了几句。凉子点点头说："请他们去会客室吧。"

"凉子！"

高明不安地看着妻子，她则显得泰然自若。高明还想再说什么，但终究没有开口。

成田也跟在德子后面来到玄关。

出现在玄关前的，是一个身穿黑色西装、身材高挑的男人和一个穿着同样颜色夹克的女人。男人年约三十五岁，深邃的轮廓看起来完全不像日本人。女人应该在二十六七岁，成田猜想。乌黑的披肩长发，细长的眼睛，嘴唇抿得紧紧的，毫无疑问是个美女。

"夫人在家吗？"

男人用十分响亮的声音问，德子正要回答，凉子已从后方出现。

"我一直在等候你们到来，里面请。"

4

"侦探？"高明失声大叫。

"类似这种性质吧。"面对高明的错愕，男人语气平静地回答，"准确地说，我们是会员制的调查机构，但客户给了我们一个爱称——'侦探俱乐部'。"

"家父也是俱乐部的经营者之一？"

"是的。"侦探回答友弘，"正木社长曾经委托过我们几次，主要是调查公司员工的品行。"

"我从没听说过。"高明说。

"那是当然的。"侦探不客气地说，"否则我们的调查就失去意义了。"

"你们也能帮忙找人吗？"

凉子一问，侦探立即重重点头。

"这次是俱乐部的经营者下落不明，我们当然更会全力以赴。"

"喂喂，姐姐！"友弘不耐烦道，"你当真要找这些家伙帮忙？那还不如我们自己去调查呢！"

侦探像机器人般把脖子转向友弘，说：

"我认为对各位而言，最佳的办法是报警，其次则是交由我们处理。而最糟糕的办法——这句话仅供参考——就是按照外行的判断来行动。"

不知是谁扑哧一笑，友弘立刻露出难堪的表情。

"有你刚才这番话，我就更放心了。"面无表情的凉子嘴角终于露出微笑，"这件事就拜托你们了。成田先生。"

"是。"

"关于父亲的近况，你应该是了解得最清楚的，请你和侦探一起行动，向他们提供必要的信息。"

"喂，凉子，你是认真的？"

高明来回看着侦探和妻子。凉子也回以锐利的眼神。

"嗯，我是认真的。"

在藤次郎的书房，成田和侦探们相对而坐，凉子和江里子也坐在他旁边。成田只觉大事不妙，他做梦也没想到凉子会叫来这号人物。

藤次郎拥有某个调查机构的事，成田也隐约有所察觉。藤次郎对公司员工的不正当行径，尤其是受贿，嗅觉敏锐得惊人。一想到自己也可能受过调查，成田不禁背脊发寒。

"首先，"侦探在书房里大致巡视了一遍，双手背在身后，对成田等人说，"在这里必须告诉各位的是，从目前所有遗留的线索来看，藤次郎先生并非出于自愿离开这个家，而是被人带走的。"

成田旁边的凉子深吸了一口气，坐直身子。侦探注意到了她的反应，但语气丝毫不变，继续说道：

"关于这一推断的根据，我稍后再向各位说明。我们现在必须考虑的是，何时、由谁、出于什么目的、把藤次郎先生带去了哪里。让我们先从第一个'何时'开始推理吧。"

说到这里，侦探伸出右手，用食指指着江里子。"如果是您，您会如何推理呢？关于藤次郎先生'何时'被劫走这个问题……"

冷不防被点到，江里子惊慌得满脸通红，但她还是尽力稳住阵脚回答：

"大概是……在深夜吧？"

侦探恍然大悟般点了点头，然后问助手：

"昨天夜里和今天早上，门窗上锁的情况如何？"

成田从一开始就分外留意这位身穿黑衣的女助手。侦探在作推理的时候，她一直在观察房间的细节，刚才还在不断打量靠墙的置物架上的咖啡杯，那是昨晚随手搁在那里的。

突然被侦探问到，女助手依然沉稳地翻着笔记，然后字正腔圆地念道：

"根据刚才向德子女士了解到的情况，她昨天晚上十点左右锁上了所有的门，今天早上也都原样保持着当时的状态。"

"其中有可以从外面上锁的门吗？"

"只有大门，其他的都只能反锁。"

"很好。"

侦探的声音如同一个信号，女助手再次开始观察。

"这间书房的窗户也上了锁，如果要深夜把人带走，就只能从玄关出去。可再怎么胆大包天的凶手也很难办到这一点吧？所以应该是在十点以前作的案。"

"那时正值出席宴会的客人离场，"凉子说，"其中很多人都开

31

车……莫非凶手就在中间……"

"您的想法很合理,想把人带走的话,开车是最有效的手段。"

"不好意思打断一下。"成田抬头望着面无表情的侦探,"我觉得您刚才这一系列推理,外行人也完全能想到。谁都不会认为社长是被外来的入侵者绑走的。"

但侦探只解释了一句:"这是按照顺序来分析。"声音依然不带丝毫感情。

"藤次郎先生最后一次出现在大家面前,是在九点半左右,那么作案就是在之后的三十分钟内实施的。但凶手不可能把藤次郎先生从大门带走,对吧?不,即使并非不可能,也太过冒险,凶手绝不会选择这种手段。所以藤次郎先生只能是从窗户被带走的。既然如此,当时他处于什么状态也就不难猜测了。不是失去知觉,就是手脚被绑,总之应该处于无法抵抗的状态。现在我们来推断一下昨晚凶手是如何行动的吧。"

侦探慢悠悠地走到门口,然后倏地转过身。

"假设凶手当时是在会场,九点半过后,他来到这个房间和藤次郎先生见面。虽然不知道两人之间谈话的内容,但可以确定的是,藤次郎先生在谈话中丧失了警惕,凶手趁机用氯仿捂住他的口鼻使他昏迷,又将他扔出窗外。然后凶手锁上窗户,再把门锁好,装作若无其事地回到会场。不过这里有个问题,门的钥匙是在……"

侦探说到这里,凉子似乎想起什么,突然起身在藤次郎的书桌间摸索。

成田则从一旁看着她。

"果然不见了!"

"什么？"侦探问。

"钥匙圈。父亲所有的钥匙都挂在上面……"

"那也包括这间书房的钥匙吧？"

"嗯，当然。"

侦探点点头，向女助手使了个眼色，她立刻记录下什么。

成田内心松了口气，庆幸自己事先藏起了那串钥匙。如果被找到，就会出现一大谜团：凶手是如何离开这个房间的？

"钥匙的问题解决了，那我继续往下说。"

或许是为了追求某种效果，侦探轻轻咳嗽了一声。

"如果凶手有同伙，那同伙会守在窗外，把被扔出的藤次郎先生运到车上；如果是单独作案，凶手会从玄关绕到后院，设法带走昏迷不醒的藤次郎先生。不管哪一种情况，凶手最后都是混在回家的客人当中，逃出了这栋宅邸。"

侦探留意着几位委托人的反应，眼神仿佛在问：有没有什么要问的？

不知何时，那位女助手也站到了他身旁，俯视着三人。

"推测得很有道理。"成田说，"想必凶手用的就是这种手段，但从作案方法上能推断出凶手吗？"

侦探难得地露出笑意，说道：

"我从来不做没有意义的事。根据刚才的推理完全可以缩小凶手的范围，首先，凶手在九点半到十点之间，曾往返于会场与这个房间；其次，凶手会开车；最后，凶手与藤次郎先生的关系相当亲近。"

5

第二天午后,成田正在社长办公室整理文件,前台通知有客人来访。前台小姐略略放低声音说:

"是个身穿黑色西装、个子很高的男人。他说,只要告诉您是俱乐部的人,您就知道了……"

尽管成田满心厌烦,还是让前台小姐先带客人去会客室,他马上就过去。

由帘子隔成的简易会客室里,昨天那位侦探面无表情地坐着。没看到女助手让成田有些不安,但他努力装出不在意的样子。

"你们有什么收获了吗?"

与侦探隔桌而坐后,成田立刻问道。侦探盯着他看了两三秒,意味深长地点点头说:"嗯,算是吧。"然后从旁边的公文包里拿出一个笔记本,与女助手之前用的完全相同。

"我上午去了一趟'花冈'外卖店,就是前天宴会时提供餐饮的那家店。从店员那里我打听到一件很有意思的事。"

"有意思的事?"成田的身体微微发僵。

"嗯。前天晚上九点过后,花冈的店员来到这里准备收回餐具,因为凉子夫人之前告诉他们,宴会将在九点结束。但由于实际拖延了一会儿,他们就一直在走廊上等候。"

"然后呢?"

成田催促他说下去。经侦探这么一说,他想起当时确实有两个眼熟的男人站在走廊上，身上穿着印有店标的日式短衫。

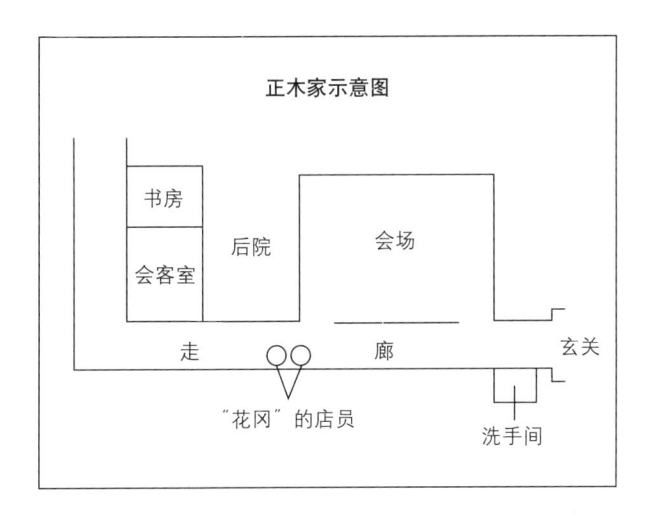

```
┌─────────────────────────────────────────┐
│                                         │
│          正木家示意图                     │
│   ┌──┐                                  │
│   │书房│                                 │
│   ├──┤    ┌─────────────────┐          │
│   │会客室│ 后院    会场        │          │
│   └──┘    │                 │          │
│           │                 └──┐       │
│    走          廊              玄关     │
│           ○○         ┌──┐             │
│        "花冈"的店员    │洗手间│           │
│                      └──┘             │
└─────────────────────────────────────────┘
```

"据店员说，他们本来等在会场左手边的走廊上，但那会挡住客人去洗手间的路，所以又转移到右手边的走廊上。您应该知道，顺着走廊往右走，经过会客室就是藤次郎的书房。"

"也就是说，"成田抢先说道，"如果有人离开会场去社长的书房，他们一定会看到，是这个意思吧？"

"正是。"

"那么他们怎么说？"

侦探伸出右手，在成田面前猛地张开五指。那是一只瘦骨嶙峋的大手。

"他们说，总共有五人经过了那里。当时在走廊上等候的是两名店员，两人的记忆却完全一致，这是很少见的事。"

"总共有五人……"

35

成田正在脑子里飞快计算，侦探已经开口解释。

"女佣麻子往返了一次，这样就算两个人。然后高明先生走过，过了一会儿，又有一对三十来岁的男女过去。他们好像不认识那两个人，但我推测应该是您和江里子小姐。"

"你猜得一点不错。他们想必是我们从社长房间回来时看到的吧。"

成田语带嘲讽地说。但侦探的表情毫无变化，依旧不带感情地探出身子。

"如果这份证词可信，就意味着前天晚上九点半到十点期间，没有任何客人从会场前往藤次郎先生的书房。"

"原来如此。"成田强压着内心的动摇，用听不出感情色彩的声音回答，冷淡程度完全不输侦探。

"虽然这和你的推理产生了矛盾，但也不是什么大问题吧？凶手没有必要非从走廊通过不可，他还可以从玄关出去，绕到后院再侵入社长房间。既然德子十点过后才开始锁门，那时候肯定还有门是开着的，不是吗？"

说完成田又重复了一句："这不是什么大问题。"

"理论上这说得通，"侦探说，"但心理上不可能。寻找一扇没上锁的门需要花时间，而且还不知道能不能找到。更何况，如果德子女士这时已经锁了门，那就偷鸡不成蚀把米了。要确保犯罪顺利进行，只有从走廊通过。如果凶手担心被外卖店店员看到，就会中止作案计划。"

"照你这么说，凶手到底用了什么方法？"

成田不由得抬高了声音。他开始有些恼火，为什么自己非得应付这侦探不可呢?

"目前还不知道。"

与成田相反,侦探的声音愈发没有一丝起伏。"所以我换了一个角度,尝试从凶手为什么要带走藤次郎先生这个问题入手。"

"为什么要带走他,这方面我完全没有头绪。昨天我也说过。"

"我知道。所以现在必须多方收集资料……"

说着,侦探从公文包里取出一只小黑匣子,那是台微型录音机。

"藤次郎先生在书房的电话上安了台录音机,应该是用来录下重要的通话。"

"嗯……是的。"

成田感到自己心跳明显加快,掌心也渗出汗水。

"于是我就想通过录音调查一下,最近他都与谁谈了什么。当然,我是得到了凉子夫人的许可才这么做的。"

听侦探这样说,成田终于安心地吁了口气。看来侦探并没有识破自己的伎俩。

侦探似乎没注意到成田情绪的变化,按下了录音机开关。里面立刻传出一个熟悉的声音,正用平淡的语调说着什么,而另一个不时附和的声音无疑正是藤次郎。

"那是专务的声音。"成田说,"他们好像是在商量销售计划推进会议的日程。"

"请听接下来这句话。"

侦探指着录音机。

"……所以,我觉得推进会议定在下周二也就是十号举行是最有效率的。"

播到这里，侦探关掉开关，一边倒带一边向成田确认："刚才说的是十号，周二，对吧？但同时符合这两个条件的日子，最近也是两个月前了，为什么藤次郎先生现在想听这盘带子呢？"

糟糕！成田心想，早知道应该先确认一下磁带的内容。可当时并没有时间……

"这个嘛……"他缩了缩脖子，"我就不知道了，恐怕只能问社长本人了。"

侦探随即从录音机里抽出磁带，放在成田面前。

"麻烦您一件事，请您再听一遍磁带好吗？说不定里面隐藏了什么玄机，但我们无从判断。"

"好的。"

成田接过磁带，往西装内袋里一塞。这个侦探果然没发现自己做的手脚……

"我会以最快的速度进行调查，如果有问题马上通知你。"

"那就拜托了。"

侦探起身，为自己耽误了成田的时间表示歉意后，转身离开了会客室。

成田走出会客室时，正好遇上前台小姐。她露出职业性的笑容，搭话道：

"刚才那个人真怪！"

"你也这么觉得吧？他真是个怪人。"

"是啊。他说自己找成田先生之后，还问了一个很莫名其妙的问题：社长的咖啡是谁泡的。"

"咖啡？"

"于是我就告诉他，是打电话让对面的咖啡厅外送的。接着他又问，社长是不放奶就喝呢，还是加奶后才喝。这种事我怎么可能知道……"

临近下班时，凉子给成田打来电话，说那个侦探有事情要宣布，请大家今晚集中一下。

"知道社长去向了吗？"

"好像不是，但据说很重要……总之你来一趟吧。"

"我知道了。"

放下电话，成田茫然地出了会儿神，再次拿起话筒，拨通了江里子房间的电话。

"啊，是成田啊，侦探好像查出什么了呢。"

"好像是，你知道他查出什么了吗？"

"不知道。不过那个女助手来找麻子仔细问过话，听说还旁敲侧击地向麻子确认，那天晚上在书房看到的是否真的是藤次郎。"

"她怎么回答？"

"她回答确实是他，但他们似乎还是很怀疑……这可怎么办啊？"

"你别慌张，没关系的，没有任何决定性的证据。哦，对了，社长喝咖啡时是不放牛奶的吗？还是要加了奶再喝？"

"咖啡？噢，应该是放牛奶的。"

"那个时候你确实把牛奶倒掉了吧？"

"嗯？牛奶？"

电话那头的江里子陷入沉默。难道是忘了倒？成田紧咬嘴唇。

但江里子回答:"倒掉了,绝对错不了。"

"确定吗?"

"确定,我记得很清楚。"

"那就没问题了。"

接着成田又补上一句:"总之我们装作什么都不知道就行了。"然后挂上电话。

这天晚上被召集起来的,只有凉子、高明、江里子和成田四人,友弘夫妇和孩子们没有出现。这让成田有种不祥的预感。

地点选在藤次郎的书房。凉子再次保证,案发后没有人碰过任何东西。

"录音带里有没有找到什么线索呢?"

见成田在沙发上落座,女助手问道。

"很遗憾,我没有发现。"

"是吗?"

女助手接过磁带,小心翼翼地放进口袋。成田看在眼里,内心的不安多少缓和了一些。

确认所有人都坐成一排后,侦探锁上门,坐在四人对面。女助手站在稍远处。

"今天把各位召集到这里,"说到这儿,侦探顿了一下,不慌不忙地依次看了看眼前四张脸,"是希望各位说出真话。"

"真话?"高明扬起眉毛问道,"这是什么意思?"

"就是真实的情况。"

说着侦探拿出那个笔记本翻开,用教训的口吻继续说:

"那天晚上九点半，你们几位都称自己见到了藤次郎先生。如果事实真是如此，凶手根本没有溜进这个房间的机会。那么可能性只有两个：第一，凶手没有进入房间；第二，你们几位就是凶手。"

"开什么玩笑！"高明歪起嘴，不屑地说，"我们有什么理由要绑走社长？真是荒唐！"

"有动机吗？"

与高明形成鲜明对比，凉子冷静地问道。

"我找不到各位绑架藤次郎先生的动机。"侦探一脸不在乎地说，"比如对高明先生来说，藤次郎先生失踪将是一件很麻烦的事。因为藤次郎先生与前妻的离婚问题还没解决，遗产继承上会陷入很被动的局面。"

高明板起脸，不置可否。

"江里子小姐就更显而易见了。如果还没登记结婚丈夫就失了踪，傍上这个豪门就完全失去了意义。"

侦探显然认定，江里子嫁进正木家完全是为了财产。然而就连她自己也没有反驳，可能是意识到这么做只会让气氛更僵吧。

"从成田先生的立场来看，老板失踪对他也没有任何好处。"

"看吧，就知道你刚才是信口开河。"

高明向侦探投去轻蔑的目光。

"但是，如果加上某个特定的条件，这三人就很有可能齐心协力地把社长藏起来。"

"什么条件？"

见凉子明显紧张起来，侦探微微皱了皱眉。这是他在作重要发言前唯一的表情变化。

"这个条件就是,当时藤次郎先生已经去世了。"

侦探如同宣布判决般说道。凉子轻轻一晃,她流露出的感情波动也仅止于此。

倒是江里子的反应更令侦探注意。她情不自禁地倒抽了一口凉气,虽然意识到后立刻垂下头,侦探还是对她那泛着红晕的脸凝视了一会儿。

"你在胡说什么呢,真是的!"

高明强颜欢笑道,凉子却坚定地说了句:"请继续说下去!"高明被她的气势压倒,不禁一僵。

侦探继续刚才的话题。

"假设藤次郎先生因为心脏病发作或是脑溢血死在这个房间,而这三人正好出现在这里,他们会作何反应呢?宣布藤次郎先生的死讯是否为上策,只要稍加思索就会明白。三人很可能作了如下计划:先藏起藤次郎先生的尸体,制造出神秘失踪的假象来争取时间,把藤次郎与前妻离婚、江里子登记结婚等事情办妥。不过,离婚先不谈,这种情况下还能否登记结婚我倒是不太清楚。"

侦探的语气和一开始说话时的并无二致,但在成田等人听来,却是充满自信。

"一派胡言!"

高明重复着和刚才类似的话,但这次的声音有些发抖。"你有什么证据证明这些荒谬的说辞?当时看到社长的不止我们三人,女佣送咖啡来的时候也见到了,难道你想说她也是同伙?"

但侦探没理高明,而是转向江里子问:

"麻子送咖啡来的时候,您在哪里?"

江里子用怄气又失望的表情望着侦探，指了指沙发后方的墙壁。

"当时我站在墙边。"

侦探恍然大悟似的点了点头。

"原来如此。如果您在那个位置，门外的麻子确实无法看见。但我还有一个疑问：麻子端来咖啡的时候，藤次郎先生和高明先生正在专心谈话，所以是由成田先生接过托盘。但为什么不是江里子小姐您去接呢？这么说虽然有些失礼，通常这种事情该由女性来做吧？"

"你都说了只是'通常'吧？"明知这种反驳只会起到反效果，成田还是忍不住开口了，"那时我刚好离门口比较近，所以就接过来了。"

"刚好吗？但据说当时是在谈公事，您作为秘书，一般不是应该在藤次郎先生旁边才对吗……好吧，这事就不再深究了。"

侦探没再继续纠缠这个问题，默不作声地走到墙边的置物架旁。咖啡杯就放在上面的托盘上，依然保持着那天晚上的样子。

"我想问一下江里子小姐。"

侦探的声音让江里子禁不住打了个寒战。

"藤次郎先生喝咖啡的时候，是不放奶就喝呢，还是要加了牛奶再喝？"

成田稍稍朝江里子偏过脸，向她使了个眼色，像是在说：你就放心说吧。于是江里子干脆地回答：

"加了牛奶再喝，他说这样更健康。"

"这样啊。"侦探仔细看着咖啡杯和奶杯说，"牛奶确实倒空了。"

"那是肯定的啊。"

江里子得意地回答。

"只不过,"侦探拿起汤匙,"汤匙没有用过的迹象,这太奇怪了。如果要加牛奶,一般都会用汤匙吧?"

啊,成田不禁脱口轻呼。与此同时,江里子也喃喃地说了句什么。只有高明责备似的瞪着江里子。

"还有一个奇怪的地方。"

侦探来到藤次郎的书桌前,打开抽屉。"凶手应该是从这里偷到那串钥匙的,明明放在很难找的地方,这里却没有翻找过的痕迹。那么只有一种可能,凶手从一开始就知道钥匙放在什么位置。"

"这是纸上谈兵。"

高明的嘴角泛起一丝笑意,仿佛在说这番推理完全没有讨论价值。"你的分析每一点听起来都好像很有道理,但你忘了最重要的一件事,女佣当时亲耳听到我和社长在谈话。"

成田看着侦探的眼睛。他可能已经看穿了录音带的伎俩,但只要没有证据,总归有办法抵赖。成田想揣测侦探的自信程度,但侦探的眼里依旧全无感情流露。

侦探将不带感情的目光投向女助手,女助手从口袋里取出磁带,放进录音机。那盘磁带就是刚才成田交给她的。

"麻子只是看到藤次郎先生的衣袖,听到他的声音而已,通过使用录音机也可以达到这种效果。"

侦探说完,女助手立刻按下开关。里面传出白天侦探播放给成田听过的对话,声音完全相同。和藤次郎通话的是友弘。

这有什么问题吗?成田正想开口问时,磁带播到了熟悉的一句话。

"……所以，我觉得推进会议定在下周二也就是十号举行是最有效率的。"

说完这句话之后，友弘的声音突然消失了。沉默几秒后响起藤次郎的声音，再空白，然后是藤次郎说话。也许是看到了成田和高明的脸色，侦探满意地让女助手关掉录音机。

"像这样只留下藤次郎的声音再播放出来，再随声附和的话，在旁人听起来就跟普通的对话没什么两样。"

侦探接着对成田说："这盘磁带放在录音机里，并不是因为藤次郎听过，而是你们用它替换掉了那盘动过手脚的磁带。所以，你很清楚这盘磁带里的内容没有任何意义，我交给你之后你也没有听过。如果你听过，就会发现我们做了这样的处理。"

成田感到自己脸上的血色刷地消失了，实际上应该也变得惨白了吧。现在他终于知道为什么侦探会把磁带交给自己保管。

"怎么样，成田先生？"

一直如同昏迷般默不作声的凉子，这时从喉咙里硬挤出声音逼问道。成田回答：

"我们来到书房时，社长已经上吊自杀了。"

"成田！"

高明厉声喝道，但没多久也瘫坐在沙发上，似乎也放弃了最后的挣扎。

凉子目不转睛地盯着成田的嘴，然后用冷静得令人惊讶的语气问：

"为什么父亲要自杀呢？"

"我不知道。"成田摇摇头,"不过宴会上和文江夫人发生了那样的事,我判断可能是一时冲动之举。而且当时比起探究自杀的动机,我全副心思都在考虑今后该怎么办。提议把尸体藏起来的是我,理由正如刚才侦探所言。当然,为前途着想,讨好一下副社长也是我的目的之一。"

成田非但隐瞒了自己和江里子的事,连江里子应该获得的保险金也只字不提。

"那么,你们把父亲的尸体藏到哪里去了?"

凉子神情紧张地问。成田直视着她的眼睛,沉默了片刻说:"我不知道。"

"不知道?"

"是的。当我们再次来到这个房间想要处理尸体时,社长的尸体已经不见了。"

6

那天晚上,把麻子打发走后,成田和高明进入藤次郎的书房,却发现原本躺放在床上的尸体消失了。两人的第一反应是江里子所为,但用室内电话问她原委时,她却对尸体的去向一无所知,甚至不明白为什么成田会问这个问题。

在尸体不翼而飞的房间里,成田、高明和江里子三人一动不动地呆立着。

"这到底是怎么回事?"

高明像在冲谁发火般恼怒地说，而成田和江里子都无法回答他。

尸体消失这件事已经够蹊跷的了，而书房的状况也很不可思议。连窗户都从里面上了锁，完全成了一个密室。

"看来只有一种可能，有人把尸体搬走了……"

成田吞吞吐吐地说。如果尸体是被人搬走的，那个人又是怎样离开这里的呢？

"这个房间只有一把钥匙吗？"

高明问，江里子微微摇了摇头。

"书桌的抽屉里应该还有一把。"

说完她打开藤次郎书桌的抽屉，稍加寻找后拿出一个黑色皮质钥匙圈。"在这儿呢。这个房间的钥匙只有我手上的一把，再加上这把。"

"那么……究竟是怎样把尸体搬走的呢？还有……对了，他为什么要把社长的尸体搬走呢？"

"以目前的情况看，这两个问题一个都无法回答。"

成田极力稳定情绪，交替看了看高明和江里子说："总之，我们现在最好抓紧商量商量，下一步该如何行事。"

三人都露出复杂的表情。藤次郎的尸体被藏匿也就罢了，连作案者的意图都摸不透，着实让他们方寸大乱。

"这样做如何？"

高明提出的办法，是仍旧按照之前的计划行动，虽然不知道作案者的目的，但只要能争取到时间就行。

"可万一作案者被捕，藤次郎自杀的日子就会水落石出，那我不就拿不到保险金了吗？"

江里子很不情愿。

"所以只要不报警、不把事情闹大就行了。你放心，我不会让这种事情发生的。"

"可是不知道作案者会采取什么行动啊。"

"到那时候，我也会尽量私下把事情解决。"

最后他们决定采纳高明的提议，照常实行原计划。不料第二天早上发生了意外，藤次郎的汽车出了故障。三人无奈，被迫中止了计划。

"一切都如成田所言。"高明像吞了黄连般苦着脸说，"故意隐瞒社长的死是事实，对此我表示道歉。但实际上藏匿尸体的人并不是我们，从这个意义上说，问题一点也没解决。如果把这比作一场游戏，我们又回到了原点。"

"对不起，我去休息一会儿。"

凉子起身时趔趄了一下。接二连三地听到这些极具冲击性的话，她的神经终于撑不下去了。她趿拉着拖鞋，脚步软弱地走出了书房。

确认房门关紧之后，侦探说：

"将目前所知的全部事实综合起来，情况如下：九点左右，发现藤次郎先生吊死在房间里，十点半尸体消失……"

"没错。"成田回答。

"这样一来，思考方式就发生了根本性变化。比如作案者完全没必要从房门进入书房，既然房间里只有一具尸体，那从窗户进去就可以了。或许作案者碰巧从窗外发现了尸体，于是翻窗而入带走了尸体。因为是尸体，怎样搬运都行，当然放到汽车后备厢里是最省事的。"

"可是窗户当时上了锁，"高明强调道，"不光是窗户，连门也是锁上的，作案者是如何进出的呢？"

其他人都回去后，唯独成田被侦探留在藤次郎的书房。侦探为何指名让他留下，他们真正的用意何在，他完全是一头雾水。

"那么藤次郎先生……"侦探站在书房中央的桌子上，右手抓住枝形吊灯，"就是把绳子挂在这里，上吊自杀的吗？"

"是的。"

"当时藤次郎先生的双脚离桌子有多远？"

成田不知道侦探为什么会问这个问题，但还是用两手比划了大约三十厘米的距离。

"大概这么远吧。"

侦探点点头，向女助手使了个眼色，她立刻记了下来。

"绳子是什么样的？"

成田示意了一下书房角落的置物架，那上面陈列着全国各地的民间工艺品。藤次郎对乡土玩具有着浓厚的兴趣。成田伸手指着的，是一个长约四十厘米的木雕牛，上面点缀着各式各样的装饰品。

"那叫金牛，是花卷市出产的工艺品，一种吉祥物。那上面本来系着根红白相间的绳子，但现在不见了。"

"你是说，他用了那根绳子？"

"应该错不了。"

成田确认了自己的记忆。勒在藤次郎脖子上的，的确是根红白相间的绳子。

"话说回来，"侦探往沙发上一坐，压低声音问道，"他自杀的动机，你还是认为是一时冲动吗？"

"这个嘛……"

成田支支吾吾起来。

"还是改变想法了？"

侦探紧盯着成田，旁边的女助手也抬眼望着他。

"嗯，改变了。"

成田分别看了看两人后说道。

"他确实有躁郁症的迹象，但不论在什么情况下，他都不是个会冲动行事的人。"

"原来如此。"

侦探坐在沙发上，双手交握放在腿上沉思。看他的神情，似乎想说什么，但又在考虑时机是否成熟。

"成田先生，"他的声音听起来异常严肃，"你能否把从发现尸体到尸体消失之间所知道的情况，尽可能准确严密地告诉我？事情似乎变得复杂起来了。"

7

第二天，侦探没有出现在成田面前。不光是成田，正木家的人都说今天没见过他。凉子一直把自己关在房间里，别说侦探，她谁都没见。

藤次郎失踪一事，目前还没有报警。表面上看，是大家都接受了高明的意见：作案者很快就会有所行动，到时候再报警也不迟。实际上当事人真正的想法是：反正藤次郎已经去世，没什么好担心的了。

知道事情的来龙去脉后，最坐立不安的就是友弘。因为只要藤次郎的死得到确认，他的母亲文江就会得到一笔意想不到的巨额遗产。然而目前没有任何证据证明藤次郎已死，他现在最大的心愿就是，哪怕早一分、早一秒找到藤次郎的尸体也好。所以最积极主张报警的就是他。

公司方面对员工的解释是，社长正在海外考察。高明认为，虽然这个谎言迟早会败露，但暂时还是可以借此避免不必要的混乱。工作方面由他代为处理，并没有多大不便。

成田经常去副社长办公室向高明汇报和藤次郎有关的公事，而其余时间都在空无一人的社长办公室度过。偶尔有人问起为什么社长出差秘书没有陪同，他总是巧妙地搪塞过去。

回到社长办公室，成田坐在自己的位子上点了根烟。隔着乳白色的烟雾，藤次郎的尸体在眼前来回晃动。他想起昨天侦探对他说的话。

"要解决这个案件，只要解开两个'为什么'就可以了。首先，为什么凶手必须带走藤次郎先生的尸体？其次，为什么现场是个密室？"

侦探的话里明显暗藏玄机。那是什么呢？

成田望着那张没有了主人的社长办公桌，思索起有必要藏匿藤次郎尸体的人来。

首先是凉子。和高明一样，藤次郎在离婚协议生效前死亡会对她很不利，而且还有正木家脸面的问题，自杀无疑是个令正木家颜面无光的死因。

如果从遗产的角度看，高明的三个孩子也存在动机。但他们是否具备这种行为能力还是个疑问，成田认为，他们都是单靠自己什么都做不了的笨蛋。

如果从保全家族体面这个角度看，老用人德子也很可疑。若论守护正木家的意愿，她恐怕比任何人都强烈。但那个老太太搬得动尸体吗？不管怎么想都不太可能。

关于密室，成田也思索了一番。凶手究竟是怎样从上了锁的房间运出尸体，而后又将门重新锁上呢？如果有什么手段能让人体如烟雾般消散，那自然另当别论，但成田压根儿就没听说过有那种办法。

侦探他……

他要求成田把那天晚上的事情如实道来。不用说，成田照办了。他连江里子的保险金也坦白说了出来，但交换条件是必须对凉子保密。

侦探和女助手两人将成田的话整理成文字。他们完成的笔记里，不仅包括每个人说的无关紧要的话，甚至连说话时身体的朝向都细致地——当然是在成田记得的范围内——记录下来。

侦探从他的话里推断出什么了吗？

成田不得而知。侦探对他说的，只有之前提到的"两个为什么"

而已。

第二天早晨，侦探和女助手突然来到成田的公寓。

"你们连我的住址都知道啊！"

成田佩服地说，女助手浅浅一笑，仿佛在说，这不过是小菜一碟。而侦探只是面无表情地扫视房间，似乎在评估价值几何。

"里面请吧。"

不料侦探伸出右手，轻轻摇头。

"今天我们来是想提前结束这次调查。"

"提前结束？"

"是的。"

说完，侦探从女助手手上接过一个大号牛皮纸信封，交给成田。

"这里面装着本次案件的相关资料。先要说明的是，所有内容都是客观资料和事实记录，不包括任何推测和主观臆断的成分，当然也没有我们对调查结果的意见。"

成田接过信封，沉甸甸的。他问：

"为什么把这个交给我？"

"我们会选择你，其实并没有特别的理由。一定要说的话，是因为你和正木家没有什么关系。"侦探说，"我们对这些资料进行分析后，发现已不便再深入插手这起案件。该怎样处理，只能由你们来决定。所以我才想把这个交给你。相信你看过这些资料后，也会得出和我们相同的结论。至于知道这个结论后你怎么做，那是你的自由。"

"我不明白。既然已经有了结论，你们直接告诉凉子夫人不就可以了吗？有必要交给我来判断吗？"

"我也猜想你会有这样的疑惑。"

侦探的语气依旧没有一丝起伏，但却前所未有地含糊起来。"总之请你先看一遍资料。看过之后，也许就会理解我们为何只能采取这种态度了。"

说罢，侦探毕恭毕敬地鞠了一躬，女助手也同样低头致意。成田默默地看了看手上的信封，又看了看两人的背影。

8

一个月过去了。

成田像往常一样快步迈向社长办公室。在走廊拐角处急转弯时，他和胖胖的营业部长撞了个满怀。

"是成田啊，你还是这么忙。"

"托您的福。"

"你也费了不少神，好在现在已经转向正确的方向，虽然要辛苦一阵子，多多努力吧。"

"多谢！"

成田鞠了一躬，与营业部长道别，而后再次加快脚步。他极力克制，没有露出得意的微笑。

正确的方向吗……

他说得完全没错，成田想。如果当时方向把握错了，或许就没有今天的自己了。

从这个意义上说，侦探提供的那份资料真是很宝贵。

那天侦探离开后，成田独自一人看完了那份资料。里面订着很多页文件，第一页的标题是"关于正木藤次郎先生的自杀"，记载着如下内容：

> 关于藤次郎先生自杀的动机，相关人士都没有线索。
>
> 根据成田先生的证词，藤次郎先生悬空晃动的双脚离桌子有一段距离，那么，如果藤次郎先生是自杀，采取的方法只能是爬上台子，把绳子套在脖子上，然后踢掉台子。但现场并没有那种可以攀爬的台子。

这一页的内容仅此而已，但这些已足以让成田理解侦探想表达的意思。换言之，他们对藤次郎自杀这件事持怀疑态度。

是某人杀死了社长，然后将现场伪装成上吊自杀……

但他为什么要把尸体……成田思索着翻到下一页，映入眼帘的标题仿佛洞悉了他内心的疑问。

> 为什么凶手要带走尸体呢？

标题下方贴着像是从侦探的笔记本上撕下的一页纸，上面写着：

> 发现尸体后，成田先生、江里子小姐、高明先生的对话（在会客室）

江里子:"不能伪装成他杀吗?如果是他杀,我就可以拿到保险金了。"

高明:"惊动警察的话事情就麻烦了,不如伪装成意外身亡,既能拿到保险金,又为正木家保住了体面。"

成田:"不管伪装成他杀还是意外都行不通,从绳索的勒痕和淤血的状态就会被轻易识破。"

高明:"会那么简单?"

成田:"很简单的,这是法医学的基础知识。"

成田握着文件的手止不住地颤抖。杀死藤次郎的,正是高明。他原本打算杀死藤次郎之后伪装成上吊自杀,但通过和成田的对话,得知这纯粹是白搭,所以不得不回收尸体。

这样一想,起初一直坚持应该报警的高明,为什么会爽快地同意实施伪装计划,理由也就不言自明了。

成田的掌心和额头都沁出汗水,继续往下翻。下一页的标题是:"为什么现场是个密室?"

下方也贴了一张便笺。

在藤次郎先生的书房完成伪装工作后。

成田:"窗户也锁上了吗?"

高明:"没问题,都锁好了。"

原来如此,成田恍然大悟。当时为了方便过后偷偷溜进屋内,高明其实并没有把窗户锁上。

但是离开书房之后呢？那时候窗户确定无疑地上了锁。

下一张便笺回答了这个疑问。

> 进入藤次郎房间时，开门的是高明先生。
> 成田先生望着麻子小姐离去的方向。
> 成田先生听到咔嚓一响，判断门锁被打开。

那时，他确实没有注意高明的动作。听到咔嚓的声音后，就认为门被打开了。但发出这种声音其实有很多办法，比如把钥匙转到一半，再用力转回去……

不对，成田摇摇头。确认门已经锁上的还有一个人，女佣麻子。当时她明确说过"门上了锁"。

成田翻开下一页，不料上面的内容与之前的格格不入，完全没提到上吊和密室的事，而是一般侦探事务所常做的男女关系调查。第一页上贴着张大大的照片，拍的是一对男女从情人旅馆走出来的情景。成田一开始还以为是侦探搞错了，把其他案子的调查报告混在里面，但当他看到照片上那对男女的长相时，一切都水落石出。

那对男女，就是高明和麻子。

高明被捕后供述，藤次郎在宴会中途离席时，悄声吩咐高明去他书房一趟。高明依言过去后，藤次郎出示了一份资料。那是侦探俱乐部收集的证明高明受贿的文件。典型的例子是最近开业的三家分公司的建设工程，文件里附了一张高明与某特定行业人员密会现场的照片。有趣的是，除了受贿的资料外，还附了一份标有"参考"字样的文件，上面贴了一张高明与麻子幽会的照片，旁边记载着侦探的意见"与受贿案无关"。

藤次郎并没有破口大骂，而是平静地说了一句：和凉子分手吧。

"我一直很器重你，没想到却被自己养的狗咬到手，真是有失我的身份！"

"社长……"

"什么也别说了，夹着尾巴滚出这个家吧。"

藤次郎低声宣布。下一瞬间，高明的双手已经扼住他的脖子。

从没看过推理小说的高明，天真地以为只要把绳索套在脖子上吊起来，就可以伪装成上吊自杀来掩人耳目。一切完成后他从窗户离开书房，回到会场。

得知伪装成自杀行不通后，高明不得不同意成田提出的计划。他将窗户的锁打开，为之后的行动作准备。

回到会场待了一会儿后，高明从玄关出去绕到后院，从窗户再次溜进藤次郎的书房，把尸体搬了出去，藏到自己汽车的后备厢里。

但他不能直接从玄关返回，因为这样窗户就会一直开着，以致他没把窗户锁上的事实败露。于是他又翻窗进入书房，把窗户锁好后，从房门离开，来到会客室。当然，此时藤次郎书房的门没有上锁。

不久成田赶来，和他一起去了藤次郎的书房。而此前就和高明串通好的麻子，适时上演了一场门被锁上的好戏。

第二天高明将尸体运到公司，装进瓦楞纸箱后藏到仓库深处。事后他供述，本来打算伺机丢弃到海里，但一直没找到机会。

通过侦探俱乐部提供的资料，成田掌握了案件的大致真相。接下来就是要不要告诉凉子的问题了。

但他已经打定主意。这案子应该过不了多久就会公开，届时警方就会介入调查，而且必然很快就会查出真相。在那一天到来之前，为了多争取一些时间，还是保持沉默比较好。而他也可以趁这段时间讨好下一任老板。见面礼他早准备好了，那张高明与麻子的幽会照片一定会令对方满意。

不过，万一警方走了弯路怎么办？

真要遇到那种情况，也只有一个选择，就是通过他拿手的伪装，把警察的目光引向高明……

成田敲了敲社长办公室的门，正木友弘声音洪亮地应了一声。一个月前，他成了成田的新任老板。

而本该成为他老板的正木高明不久前被捕了。

正如成田担心的那样，警方的调查迟迟没有进展。但以某件事为转折点，案情迅速真相大白。

那个决定性的证据，就是在高明汽车的后备厢里发现的，藤次郎的假牙。

圈套之中

罠の中

1

　　光线昏暗的房间里,三个男人围坐在桌前,个个表情凝重。桌子中央放着烟灰缸,虽然倒了好几次,烟蒂依旧堆得满满的。

　　"还是想办法伪装成意外吧。"最年长的男人开口说道,"如果被认定为他杀,警方就会迅速成立专案组,正式展开调查,那样肯定会露出马脚。"

　　"那些人会纠缠不休的。"最年轻的男人一副愁眉不展的样子。其实他并没有被警紧盯梢的经历,只是凭借从电视剧上得来的印象才这么说。

　　"那不都一样吗?"一直沉默不语的男人说。他皮肤白皙,戴一副金边眼镜,看起来有些神经质,事实上也确实如此。

　　"就算我们自以为伪装得很成功,警察只要经过科学调查,很容易就能识破。到那时,搞不好会为了这点小伎俩丢掉性命。总之伪装很危险啊!"

　　"伪装成自杀怎么样?"年轻男人提议,"比如服毒自杀啊,煤气中毒啊，再准备一份天衣无缝的遗书。"

"行不通的。"年长的男人一口否定。

"为什么？如果是自杀，警察就不会没完没了地调查了。"

"因为没有动机。那个人身体健康，也不缺钱花，好像也没有什么烦恼。这种人有什么理由突然自杀呢？更重要的是，遗书要怎么写？难道拜托那位自己动笔？如果笔迹不同，马上就会败露，用文字处理机也会惹人怀疑。"

"自杀确实没有可行性。"皮肤白皙的男人也插嘴道，"我看还是要用适当的手段。"

"那就伪装成意外身亡吧？"年长者说，"意外事故和自杀不一样，不需要什么理由。只要干得漂亮，警察应该也不会过分追究。"

"我觉得很困难。"皮肤白皙的男人推了推眼镜，又点上一根烟。这已经不知是第几根了。

"我们要做得不着痕迹，"年长者说，"让人觉得确实就是一场不幸的事故。事先要精心做好准备，大家也要统一口径。"

"很危险啊，我不太拿得定主意。"

"怎么说这种话？那个人如果活在世上，最头疼的不就是你吗？"

"……"

"依我看，我们现在就要下定决心动手。正因如此，我才特意赶过来。所谓三个臭皮匠赛过诸葛亮嘛。"

"可是事故有很多种，要伪造成什么样的事故呢？"年轻人似乎赞同年长者的意见，"交通事故？"

年长者摇摇头。"交通事故太危险。相识的人没办法直接开车去撞,找人去撞更不可能,要是在车上做手脚,只要一调查就露馅儿了。"

"那煤气中毒,或者误食毒物呢?"

"不行。"说话的是白皮肤,"过去城市用的煤气会导致一氧化碳中毒,但现在用的是天然气,不会造成中毒。再说煤气一旦泄露,报警器就会发出警报声。误食毒物也很难,把有毒的东西放在身边,本身就不合常理,警察一定会怀疑的。"

"那制造一个被从上面掉下的东西砸死的事故怎么样?"年长者问白皮肤,好歹要让他赞同伪装成意外身亡。"比如说枝形吊灯之类悬垂的大家伙,只要砸在头上不就一命呜呼了?"

不料白皮肤却慢慢摇了摇头。"砸在头上确实会一命呜呼,但怎么保证刚好命中呢?如果需要做手脚,也是不可行的。"

"那不是怎么样都行不通喽?"年轻人不耐烦地挠了挠头发,然后又搓着没刮的胡子,"那个人几乎不出门,也就不会从哪儿摔下来……当然也不会淹死了。"

年长者的眉毛突然抽动了一下。

"淹死……"

"这主意不赖。"白皮肤也轻轻点头,"淹死的话不一定要在大海或河里,就算是一盆水也淹得死人。"

"浴室!"年长者说,"弄成在浴室里睡着了,然后淹死怎么样?以前也看过一次这样的报道,不过这种死法有点残忍。"

"唔……"白皮肤吸着烟,徐徐吐出乳白色的烟雾,然后皱起眉头,摇了两三下头,"还是不行。要想让那人睡着,就得使用安眠药,那很容易被化验出来。而且就算睡着了,也未必会被淹死,

65

反倒是没被淹死的可能性更高。"

"怎么,这也不行吗?"年轻人叹了口气。

"不过,还是死在浴室里比较好。"白皮肤说得意味深长,另外两人都盯着他。他继续说:"浴室是少数只容纳一个人的地方,其他地方做不到的事情,换成浴室就有可能做到。比如故意让煤气泄漏,只在浴室发生爆炸,正在洗澡的人不就完蛋了?"

"这个办法不行。"年长者急忙说,"为了防止发生意外,不能用火。"

"我只是举个例子,还有其他的办法。"

"比如说?"

"比如说……"白皮肤压低声音,开始说起他的想法。

2

"哎,舅舅是个什么样的人?"坐在副驾驶座上的百合子有些担心地问。

"这可很难用一句话讲清楚。"握着方向盘的利彦望着前方,沉吟道,"总之,他不是一般人。除了经营房地产,他还兼放高利贷,所以虽然很有钱,口碑却不是很好。"

"总觉得有点可怕。"百合子不安地说。

利彦不由得笑了起来。"舅舅因为工作的关系,难免在一定程度上被人讨厌,但他对我很好,从我念书时起就一直抚养我,找工作也帮了我不少忙,总之从来没有在钱上跟我计较。"

山上孝三的宅邸坐落在环境幽雅、空气清新的高级住宅区，停车场也很宽敞，除了孝三的奔驰，还可以再停放三辆车。樱花凋谢后几周的一天傍晚，山上家的停车场停满了汽车。

滨本利彦和高田百合子是客人中最晚到的。两人来到玄关后，孝三和妻子道代及女佣玉枝一起出来迎接。

"哎呀，你们可算来了，大家正等得着急呢。最重要的客人要是没到，那像什么话。"孝三晃着啤酒肚爽朗地笑道。

"对不起，刚好工作上有点急事，但我们还是匆匆赶过来了。"

"都这么晚了，工作就先放一边吧。对了，这位小姐是……"

"她是高田百合子。"利彦介绍道。百合子连忙鞠躬行礼。

"这样啊！我是利彦的舅舅孝三。有个问题想问一下，利彦这孩子给你添了很多麻烦吧？"

说完孝三又放声大笑起来，旁边的道代捅了他一下："老公，怎么在门口说个没完……"

"对哦，快进来吧。"

孝三推着百合子向客厅走去，利彦慢了几步跟在后面。这时道代赶到他身旁，悄声说："她很漂亮嘛。"

利彦转头看了她一眼说："进去吧。"随后快步迈向客厅。

客厅里摆着一张长条桌，已经有七个人等在那里。看到两个年轻人出现，大家不约而同地鼓起掌来。

利彦和百合子在中间的空位落座，孝三和道代也坐了下来。

孝三举起倒满啤酒的酒杯，看着大家说：

"今天的主角终于到场了，那我们就开始吧。和利彦一起来的，是他未来的新娘高田百合子小姐。不过更确切地说，两人已经正式确定关系了。像她这样的大美人，我一眼就很中意。我想我可以卸下代替利彦双亲照顾他的重任了。在此，我祝愿他们今后相亲相爱，过得幸福快乐。大家干杯吧！"

"干杯！"所有人都端起酒杯。利彦和百合子起身鞠了一躬，重又坐回椅子上。为祝福这对年轻人而举办的宴会就这样开始了。

提议举办这场宴会的是孝三。利彦是他姐姐的儿子，姐姐和姐夫早已病逝，他就代替他们照顾利彦。孝三自己没有子女。

宴会开始后，大家都做了简单的自我介绍。

今天来的都是山上家的亲属。首先是道代的弟弟青木信夫和妻子喜久子，信夫夫妇的一双儿女行雄和哲子，孝三的妹夫中山二郎和妹妹真纪枝，还有他们的儿子敦司。每个人都简短地向百合子介绍了自己。

喝了一阵酒，大家的话渐渐多起来。或许是和利彦两人打趣得够了，孝三把话题转向信夫："怎么样啊，最近的行情？"

信夫脸上的肌肉微微扭曲，这一点没有逃过利彦的眼睛。

孝三继续说："最近土地价格飙升，建房的人恐怕不多吧。"

"确实是这样。"信夫露出讨好的笑容说，"我们这些小公司都在互相竞争，也不知道今后该怎么发展呢。"

"青木先生经营一家设计事务所。"利彦小声告诉百合子，百合子轻轻点了点头。

"制药公司的情况怎么样？"孝三接着望向中山夫妇。二郎苦笑着说："不行啊。公司的股票虽然在上涨，实际却完全不是那么回事。老实说，很不景气。"

中山在一家制药公司工作。

"要说经营得蒸蒸日上的，就只有哥哥了。真羡慕啊，大把大把地赚钱。"

也许是喝了葡萄酒口齿变得伶俐了，妹妹真纪枝用亲热的语气对孝三说。

"别开玩笑啦。现在税金越来越高，而且最近借出去的钱到期能不能归还都很成问题。借钱的时候卑躬屈膝，还钱的时候却成了大爷，真是棘手。"

话虽这么说，孝三的心情看上去却很好。

"你们两位是在公司谈的恋爱吧？"

坐在利彦和百合子斜对面的敦司问道。他是二郎的儿子，拥有轮廓紧致的面孔和运动员般的体格，现在在读国立大学三年级。

利彦和百合子点了点头，敦司不觉流露出惊讶的表情。

"这么漂亮的女孩子，遇到利彦前竟然还是单身，让人很难相信呢。"

"喂！你这话是什么意思？"利彦笑着瞪了敦司一眼，"她和你可不一样，大学时代都在用功读书，哪还有时间去玩。"

"看你这话说的，时下的大学生已经用功多了。"

"那还不是应该的？你明年就要找工作了吧，再不认真规划的话，就算毕了业也很麻烦。"

"所以我在考虑读研究生呀。"

"哦？"利彦正想说声"那可挺厉害的"，旁边突然哐当一响，信夫的儿子行雄把餐刀用力扔了出去。

"哥哥，你怎么了？"坐在行雄身旁的哲子皱着眉头问道。

"我看不下去了。"行雄低声说，"大学、大学的装腔作势还不够，还要再去研究生院玩？"

"哥哥！"

"喂！这话说得太过分了吧？"敦司也沉下脸来，"真是个脾气乖张的人。"

"你说什么？你这混账！"

谁都没来得及制止，反应过来时，行雄已经揪住敦司的衣领，把他推搡在地。

"喂，你们干什么呢！"孝三叫道。

但两人好像没听见一般，在地毯上扭成一团。

"住手！"

利彦冲进两人中间，压住敦司，把他们拉开。行雄索性盘着腿坐在地上。

"到底是怎么回事？"

行雄的母亲喜久子赶过来问道，可儿子还在怄气不吭声，于是利彦把打架的经过说了一遍。

"竟然为了这么一点小事就发火！"信夫看着行雄生气地说，"不是你自己说不想上大学的吗？现在却又讲这种话……你好好冷静一下吧！"

"我看确实应该冷静冷静。"孝三带着不耐烦的神气说，"你们两个去洗把脸怎么样？玉枝！"

"在。"女佣玉枝应道。

"麻烦你带他们去洗手间，要是受了伤，就帮他们处理一下。"

"明白了。"

敦司和行雄悻悻地站了起来，玉枝领着他们朝走廊走去。因为常年照顾孝三的缘故，她对这种家庭争端并没显得惊慌失措。

"对不起，行雄他太粗暴了！"青木信夫低头向中山夫妇道歉。

"哪里哪里，"中山二郎连连摆手，"敦司的说话方式也不对。而且这家伙性子又急，真让人伤脑筋。"

"连利彦也跟着遭了殃。"孝三看着利彦的衣服说。刚才拉架时不小心打翻了啤酒，他的衬衫湿透了。

"赶快脱下来，让玉枝给你洗一洗。"

道代伸手过来帮他解扣子，却被利彦推开了。

"谢谢，我自己来就好。不过很麻烦呢，明天我要和别人见面，本来打算穿这件衬衫的。"

"明天早上能干的。"

道代话音刚落，走廊那边又传来砰咚一声巨响，紧接着玉枝飞跑了过来。

"不好了，又打起来了！"

"你说什么？"孝三问道。

"在洗手间，他们又打起来了……"

"那两个家伙到底想干什么？"

孝三说着朝走廊走去，利彦等人也跟在后面。

来到洗手间一看，敦司喘着粗气站在那里，行雄靠在旁边的洗衣机上。因为被行雄猛地撞上，洗衣机整个撞歪了，刚才那声巨响看来就是这么来的。

"这是怎么回事？"二郎问儿子敦司。

"我也不知道。那家伙突然又找碴儿，我也就还了手。"

"行雄！"信夫的声音传了过来，"怎么做这种无聊的事情？

71

你又不是小孩子了！"

行雄气呼呼地没理他，信夫转身向孝三和二郎低头道歉。

"对不起，我现在就把这个笨蛋带回去，等他慢慢冷静下来了，再来向大家道歉。"

"我自己回去！"

说完行雄穿过孝三和信夫，径直走向玄关。

"等等，行雄，你不道个歉就走吗？"

信夫在背后叫着儿子，正要追上去时，被孝三拦住了。

"算了。他也有他的想法，就让他一个人先回去吧。"

"这样吗……哎，真是很对不起。"

信夫不仅向孝三，也向在场的每一个人鞠躬致歉，当然，这让敦司的父亲二郎感到很不好意思。

"行雄高中毕业后就到父亲的公司工作了，所以可能有些自卑。其实完全没必要。"

回到客厅，重新坐在沙发上喝酒时，利彦向百合子解释道。对面坐着已经恢复冷静的敦司和哲子。

"哥哥本来就不喜欢念书，所以没继续上学。现在又来说这种话，有些不像男子汉呢。"哲子像个大人似的举杯喝酒。

坐在旁边的敦司则不解地歪着头。"可他平常也不是这样啊，虽然也有喝醉酒的时候……真是有点奇怪。"

"就是一时心情不好罢了，你不用在意。"

正如她自己所说，哲子一点儿都没放在心上。

过了一会儿，玉枝来拿利彦的衬衫。如果马上洗好晾干，明天就可以穿了。

"哎呀,洗衣服的事就让我来吧。"百合子说。

玉枝微笑着摇了摇头。"怎么能让客人干这种活儿呢?"说着,她将一套崭新的睡衣放在利彦面前。利彦穿上一看,非常合身。

"看来是特意为利彦买的啊。"百合子感动地说。

"我以前在这里住过,也许是那时买的吧。"利彦一边扣扣子一边说。

孝三、二郎和信夫继续在客厅角落的吧台喝酒,似乎谈得热火朝天,好几次传来孝三的大笑,另外两人则充当聆听者的角色,一只手握着酒杯频频点头。

喜久子和真纪枝好像都去了道代的房间。

"那么……"过了片刻,孝三站起身,朝利彦他们走来,"我先去洗澡了,你们慢慢聊吧。要是饿了就告诉玉枝,让她给你们做点吃的。"

"你们好像喝得不少啊。"利彦望着吧台上的一排空酒瓶说。

"这要在以前不算什么,现在到底年纪不饶人啊。"孝三自嘲似的笑了。他以前确实是海量。

"百合子,"他直呼外甥女朋友的名字,"今晚搞得乱糟糟的,真是抱歉,改天一定好好补偿。"

百合子露出微笑,小声回答:"没关系。"

"那我就先失陪了。"

"舅舅,您不要紧吧?"利彦问,"您不是心脏不好吗?最好先醒醒酒再洗澡,不然很危险。"

"不要紧,我喝得不多。"孝三就像他说的那样,步伐相当沉稳地离开了客厅。

"舅舅真是个很可靠的人。"百合子在利彦耳边拘谨地说。她性格有些内向，不太在大家面前发表意见。

"其实也不见得。"接腔的是坐在对面的哲子，显然她听到了百合子的话，"姑父是很会照顾人，但说到钱就是另外一回事了。自己家人借钱利息也一分不少，到了期限也不通融。"

"这也是理所当然的吧。"哲子旁边的敦司喝了口啤酒说，"如果因为是亲戚就特殊优待，那就没完没了了。依我看，这种公事公办的方式正是舅舅成功的秘诀。利彦，你也是这么认为的吧？"

"呃，我没跟舅舅借过钱，所以不太好说。"利彦回答得很含糊。

孝三离开后，大家便各做各的，有的去了院子那边，有的打电话。聚在道代房间的女眷也不时来一趟客厅。

这样大约过了一个多小时，玉枝突然从外面飞跑进来，她犹豫了一下，好像不知道该怎么办，但很快就走向离她最近、坐在沙发上的利彦。

"不好了，老爷他……"

玉枝紧张得连话都说不清楚，这在她是很少有的事。

"发生什么事了？"利彦扶住她的肩膀问。

玉枝慢慢咽了口唾液，抬头看着利彦说："我见老爷洗了好久还没出来，就在外面问他怎么样了，可是没人应声，浴室的门也反锁了……"

利彦吃了一惊，心脏仿佛遭受了重重一击。

"会不会是睡着了？"

他强作镇定，可是玉枝连连摇头。

"我叫了好几遍,还是没有回答。"

一时间客厅里陷入沉默,在场的众人面面相觑。

最先反应过来的是二郎,他喊了声"不好"就朝走廊冲去。见此光景,信夫也如梦初醒般瞪大眼睛,跟在二郎后面。接着就是敦司,利彦走在最后。

大家迅速赶到浴室。浴室前的洗手间里,全自动洗衣机正在运转,应该是在洗利彦的衬衫,旁边的浴室门紧闭。

敦司想关掉洗衣机,可是不知道怎么操作,最后干脆拔掉电源插头,才让洗衣机停了下来。周围霎时一片静寂,浴室里什么声息也没有。

二郎敲了敲门,可是没人应声。而且的确如玉枝所说,门被反锁了。

"浴室的钥匙呢?"

"在这儿。"

闻声赶来的道代递出一把小巧的钥匙。二郎开了锁,推开了门。

女人们顿时尖叫起来,男人们也发出低低的呻吟。

泡在浴缸里的孝三双眼失神,死死盯着天花板。

3

"谢谢医生,这么晚过来,您辛苦了。"

道代在门前不停地向田中医生鞠躬道谢。田中年过五旬,稀疏的头发整齐地梳向脑后。他轻轻点了点头,不无遗憾地说:"早就跟他说过要多加小心……请节哀顺变吧。"

"对了，警察说要进行尸体解剖，您看……"

"这样啊，那就解剖吧，解剖过后会妥善恢复到原来的样子。"

田中似乎以为她是怕解剖会把孝三的遗体切得支离破碎。

目送医生坐上白色奔驰离去后，道代回到家里。她的眼里闪着光芒，仿佛已暗中下定某种决心。

客厅里坐着这天来参加宴会的人，从发现尸体到现在已经过去两个多小时，每个人的脸上都露出疲倦的神色。

"姐姐……"

二郎拖着肥胖的身体从椅子上站了起来，但好像还没想好接下来应该说什么，只能欲言又止地沉默着。

"大家都到齐了吧？"

道代没有理会二郎，目光从客厅逐一扫过。大家都坐在刚才喝酒时的位置上。

"我有很重要的话要说。"

道代的声音低沉而坚定，几乎难以想象她是个刚刚失去丈夫的女人。好几个人吃了一惊，不由自主地挺直了腰杆。

"我先生已经过世了。虽然他有很多缺点，但终究是我们山上家的支柱，我要为他举办一场隆重的葬礼。"

包括利彦在内，所有人都疑惑地看着这位女主人，不知道她接下来的举动。

"我希望这场葬礼办得庄严神圣，"道代用冷静又略带颤抖的语调说，"如果在座各位有人觉得不配参加这种神圣的场合，现在请报上名来。"

"等等，姐姐！"信夫狠狠地开口了，"你这话是什么意思啊？如果是宗教方面的问题，你就包涵一下吧。"

"当然不是。"她的声音很冷静，"我只是希望对山上孝三的死心中有愧的人，现在能自报家门。"

"心中有愧？"信夫重复了一遍，"这是怎么回事？姐夫是自然死亡的，谁也不会觉得心中有愧，不是吗？"

听了他的话，众人纷纷点头赞同。

"不，"道代发出尖锐的声音，"不是自然死亡！"

接着，她向所有人投去充满警惕的目光。

"我先生是被谋杀的！"

4

"不可能有这种事吧？"信夫的妻子喜久子有些犹豫地说，"医生不也说是死于心脏麻痹吗？那应该就是病死的吧？"

"恐怕未必。"哲子语气轻狂地小声嘀咕，大家的目光一下子都集中在她身上。

她继续说："只凭死因是心脏麻痹，很难断定其中没有别人的刻意设计。"

"你是说刻意引起心脏麻痹？那恐怕不太容易办到。"敦司语调轻快地说。无论哲子还是敦司，谁都没有对长辈的死流露出丝毫悲伤之情。

"姐姐究竟为什么要这样说呢？"二郎垂下细长的眉毛问道。道代深吸了一口气，再徐徐吐出。

"因为有很多无法解释的事情。首先是浴室门上锁的事，我先生从来没有在洗澡时锁过门。另外他的头发竟然没湿，这也很不可思议，因为他向来有个习惯，进浴缸洗澡前一定会先洗头。"

一时间，大家仿佛都屏住了呼吸。关于浴室门上锁的事，每个人都觉得不自然。

"先不说锁门的事，头发没洗会不会是因为喝醉了呢？"利彦说道。

"不会，肯定不是。"道代断然否定，"他一定会洗头的，任何情况下都不例外。"

她的回答充满了自信，谁也无法反驳。

"信夫！"道代叫了声自己的弟弟，信夫吃惊地抬起头来。"你的设计事务所正陷入困境吧？你曾多次向我先生借钱，但都因为没有偿还的可能，被他拒绝了，对吧？我先生的做事风格就是这样，就算是小舅子也丝毫不能通融。我知道，你因此非常恨他。"

"姐姐，你是在怀疑我吗？"信夫惊慌失措地说，"怀疑你的弟弟？"

"正因为你是我弟弟，我才第一个提出来。"

道代的声音里透着一股威严。

"如果刻意想诱发心脏麻痹，在他洗澡前给他灌很多酒也不失为一种手段。"敦司像聊天一样轻松地说，"舅舅的心脏本来就不好，摄取大量酒精后，心脏病发作的可能性很高。要是假装喝的是普通的酒，其实偷偷掺进伏特加，那就更加高明了。"

"喂，敦司！"信夫狠狠瞪了他一眼，"和孝三一起喝酒的可不光是我，还有你爸爸呢！"

"噢，是吗？"敦司满不在乎地缩了缩脖子。

"说什么呢，这可不干我的事。"二郎不满地鼓着嘴说，"我可没像你那样，一个劲地劝大哥喝酒，再说我也没有动机。"

"那也不一定。"道代说。大家的目光再次集中到她身上，现在她的声音仿佛拥有了绝对的权威。

"虽然不清楚具体情况，但我先生的保险柜里可放着你五百万元的借据，而且早就到期了。"

"那个呀，"二郎苦着脸说，"那是因为股份的事情需要用钱，就借了这些。"

"老公，这件事我竟然一点都……"真纪枝瞪着丈夫。

二郎别过脸去。"我觉得没必要跟你讲，原本打算马上就还的。"

"可是期限……"道代说。

"确实过了期限，但大哥同意再等几天。"

"他这样说了吗？"道代怀疑地盯着二郎松弛的脸，"山上孝三说可以再等几天？"

"这实在难以置信"——接着她又补上一句。她根本无法想象孝三会说出那种话，他平常的口头禅就是，即使是亲戚也要公私分明。

"就算你这样说，我也没有能力马上还钱，确实是没法子。"

听到二郎的话，哲子扑哧一声笑了出来。

"难怪姑父会说，借钱的时候卑躬屈膝，还钱的时候却成了大爷。"

二郎脸涨得通红，站起身想继续分辩，但被真纪枝阻止，重又坐回椅子上。

"请大家冷静下来。"利彦尽量用平稳的语调呼吁，"就算让舅舅喝了酒，真能那么容易就引起心脏麻痹吗？这种手段恐怕很难说是万无一失吧？"

二郎和信夫听了都连连点头。

"不够万无一失又有什么关系呢？"哲子插嘴道，"即使谋杀不成，也绝对不至于惹火烧身。总之失败了也不会留下什么证据，但如果死了可就称心如意了……这叫什么呢？"

"故意的过失。"敦司接口道。这两人总是默契得出奇。

"对、对。在这种情况下，让心脏不好的人喝很多酒然后洗澡，不正是诱发意外的好方法吗？而且负罪感也会很轻。"

"你的推理很有见地，哲子。"道代说，"但只凭这一点还不够充分。医生说我先生进入浴室后受到了某种强烈的刺激，比如说严重的惊吓，或被凉水激了……"

"这么说，给予他强烈刺激的人就是凶手了？"利彦不假思索地说。

"敦司，孝三进浴室的时候，你到院子里去了吧？"信夫的妻子喜久子突然说道。这句话好像也让信夫想起了什么。

"没错，你确实出去了，而且一直走到浴室的窗子那边，该不会是去干了什么事吧？"

"开什么玩笑，我干吗非要做那种事？"

突然间成了众矢之的，原本满不在乎的敦司也不由得慌张起来。

"也许你确实没有动机,但也可能是受别人指使。那个指使者让孝三喝很多酒,你再在他洗澡时制造刺激,这岂不是绝妙的配合?"

"喂,你这是什么意思?"

二郎大声怒吼,信夫也霍地站起身。就在气氛剑拔弩张,眼看就要撕破脸时,道代发话了。

"慢着!这样争吵也解决不了问题,都先坐下!"

见两人都坐下了,道代才又说道:"不要感情用事。即使想制造什么刺激,实施起来也不见得那么容易。大家都想想,到底有什么方法可以做到?只要找出方法,凶手就能浮出水面,也许还能顺带发现同伙。"

"好啊!"二郎看着信夫他们点了点头,信夫也回答"行"。

然而,这个刺激的方法确实是个难题。

特别是浴室的窗户安着纱窗,这就限制了人们想象的空间。从窗外根本无法施加力量,因为纱窗的网眼直径只有三毫米。

在此情况下,只有哲子提出了比较可行的想法。她说,或许是从窗外向孝三泼冷水。纱窗确实不防水。

"这种方法虽然可行,但很危险。"利彦说,"万一不成功怎么办?舅舅肯定会要求凶手解释清楚,那可不是一句'开个玩笑'就能蒙混过去的。"

"会不会是从窗外弄什么可怕的东西吓舅舅呢?"敦司也发表了意见,"比如戴个鬼面具,这样就算败露了也可以打马虎眼。"

"你的想法很特别,但是行不通。"道代说,"那些玩意儿根本吓不到孝三,而且当时外头天都黑了,什么也看不见。"

"说得也是。"

敦司放弃了自己的意见。

之后再没有人提出新的看法。不管怎么说,还是年轻人的脑子比较灵活,哲子和敦司不作声,差不多也就没有人说话了。

"今晚就到这里吧,怎么样?"信夫用疲倦的语气向道代提议,"大家都累了,也想不出什么好办法。再说,如果凶手真的在我们当中,不是也跑不了吗?"

对于信夫的提议,就连一直和他唱反调的二郎也连连点头表示赞成。

"是啊,"道代看着大家叹了口气,"那今晚就先这样吧。"

几个人唉声叹气地站起来,还有人捶着腰。想想也确实够累的了,已经在这屋里待了很久。

"请等一下。"这时有人开口了。是谁在说话?一时间谁也没反应过来,连利彦也没意识到。等发现说话的是百合子,众人都一脸意外。

"呃,我也有一个想法,可以说吗?"百合子问道代。

正要回房间的道代马上回答:"请讲。"

百合子看了大家一眼,最后将目光投向利彦:"我想会不会是电?"

"电?"利彦反问了一句。

"会不会是受到了电击?"百合子说,"如果在浴缸里安上两根电线,接通电流,哪怕心脏没问题的人也会引发心脏病。"

"很有可能!"敦司双手一拍说道,"问题是电线是怎么接的呢?"

"我想应该是分别从纱窗穿进去的。但还有一个问题,就是用什么办法隐蔽起来不让舅舅发现？"

"我们去浴室看看。"

说完道代急匆匆地迈向走廊，众人都跟在后面。

来到浴室一看，电线是怎样隐蔽的马上就有了答案。因为浴缸盖紧靠着纱窗，大家推测电线就是从那后面通到浴缸里的。

另外又在纱窗上找到了两处痕迹，像是硬把什么东西塞进去留下的。

"一点也没错。哎呀，百合子小姐，你可立了大功了。"信夫边说边拍了拍百合子的肩膀，让她有些不好意思。

"等一等，"敦司抱起胳膊，皱着眉头说，"如果要布下这种机关，我们当中谁有作案的条件呢？"

"要做手脚的话，就要在姐夫进浴室之前——"信夫想了想，很快抬起头来，"我们男的当时都在客厅，你们女的呢？"

喜久子和真纪枝、道代对看了一眼："那时我们都在道代姐的房间里。"

"这么说来……"道代倏地一惊，扫视着周围的人问，"玉枝哪儿去了？她人呢？"

"不见了，明明刚才还在的……"二郎说。

"在她房间里。"

道代推开众人向走廊跑去。她的脚僵硬得不听使唤，上楼时几次差点摔倒。

玉枝住在二楼的一个房间。打开房门后，看到的却是玉枝吊在半空的尸体。

5

从案发到现在已经过去了十天,被孝三的猝死和玉枝的自杀搅得手忙脚乱的山上家,好容易才恢复了往日的生活节奏。

利彦在和百合子结婚之前都会住在这里,因为道代说一个人住心里害怕,要他留下来壮胆。

这天下午,利彦接待了两位奇怪的来客:一个三十三四岁的男人和一个看上去比男人年轻十岁左右的女人。

男人身材高挑,穿着一套得体的黑色西装,轮廓深邃的五官给人以外国人的感觉。女人同样身穿黑色洋装,体态也与一般的日本人不同,乌黑的长发令人印象深刻。

"我们是俱乐部的人。"男人对利彦说,"请问夫人在家吗?"

"俱乐部……"利彦诧异地抬头打量着两人,"是狮子会[①]吗?"

男人目不转睛地盯着他,慢慢点了点头。

"差不多类似于狮子会吧。你只要这样说了,夫人就会明白。"

利彦还是摸不着头脑,但也不便继续追问,于是进去告诉了道代。

"是侦探俱乐部,"她说,"专门为有钱人提供服务的侦探。因为是会员制,只接受会员的委托。"

"你委托侦探调查什么?"利彦问。

---

① Lions Club,全称国际狮子会俱乐部协会,1917 年成立的国际性慈善服务社团,总部设于美国,1952 年在日本成立分会。

"有点事情，以后再跟你说。总之，先请他们进来。"说完道代做了个深呼吸。

来访的两人和道代在会客室见了面。道代一边窥伺对方的反应，一边小心翼翼地确认："两位是侦探俱乐部的吧？"

"是的。"回答的是那个男人，声音平板而干涩，"您有什么需要效劳的地方？"

道代轻轻吐了一口气，莫名地感到安心。虽然以前听孝三提过侦探俱乐部，委托他们办事还是第一次，原本很担心会不会不可靠，现在见面一看，感觉可以信赖。

"我想和你们商谈的，是我先生前几天过世的事。"

下定决心的道代说，她看到男人轻轻地点了点头。

"十天前，他因心脏麻痹而猝死。"

"听说是在浴室吧？"

侦探用确认的语气问。显然，他们已经知道了孝三的死。这愈发增加了道代的信任感。她觉得如果来见委托人之前，什么准备工作都不做，那是不值得委以重任的。

"表面上看是这样。大家都知道我先生心脏不太好，很多人向我表示同情。"

"但实际上并非如此，是吧？"

问话的是那个女人，她的声音就像电视台主播一样，咬字清晰、圆润柔和。看样子她是侦探的助手。

"的确是心脏麻痹，"道代说，"但并不是意外事故。"

"也就是说，"侦探说，"是那个自杀的用人实施的犯罪？"

道代转头望着他。"你了解得真清楚啊！"

"您过奖了。"侦探低头道谢。

道代向他讲述了利用电线杀人的诡计和玉枝自杀的经过,侦探佩服不已地听着。等她说完了,侦探重重点了点头。"原来如此。"然后他松开抱在胸前的胳膊,从黑色西装的内袋里取出一个记事本。

"那个用人在罪行暴露后自杀了。那么,您需要我们做什么呢?"

"用一句话来说就是……"道代来回看着侦探和女助手,"查明事情的真相。"

侦探愕然眯起了眼睛。"这是怎么回事?"

"因为还有很多无法解释的事情。"道代回答,"比如我先生没洗头就进了浴缸,浴室的门上了锁,另外也找不到玉枝杀害我先生的动机。"

"但玉枝杀死您先生是事实吧?"

"那应该是事实,不然她没有自杀的理由。"

"可是您说还有另外的真相?"

"是的,总觉得不能释怀。不过也可能是我的心理作用。"

"这样啊。"侦探依然面无表情地重重点了点头,"我想还是有必要查明玉枝的动机,就从这方面着手调查可以吗?"

"可以。"

接着道代一边回忆,一边告诉侦探那天晚上来家里客人的名字,当然还有各自的亲戚关系。侦探利落地记下这些资料,然后问道:

"作为参考,您能详细地谈谈那天聚会的情况吗?"

于是道代开始叙述那天的情况。当她说到敦司和行雄打架时，侦探的目光陡然一亮。

"那两个人平时关系就不好吗？"

"不，没什么不好。"道代回答，"敦司的脾气有点急躁，但像那天那样打架却很少见。"

"噢？"侦探点了点头，用圆珠笔敲着桌子。

"还有那间浴室——"侦探直视着道代，"可否带我们去看一下？我想知道浴室的密闭程度。"

"好的。"

浴室已被彻底打扫过了。案发后好几天道代都不敢进去，但到外面的公共浴池也很麻烦，最近她都是烧开水洗澡。

"在浴室安这么结实的锁还真是很少见，有什么特别的意义吗？"侦探抚着门把手问。

"以前我们家雇过一个年轻的用人，她说浴室不能锁门很不方便，于是就安了锁。"

"哦。那么，钥匙是在夫人手上吗？"

"是的。一直保管在我房间，没给过任何人。"

侦探点了点头，走进浴室。里面有一个很大的浴缸，足够一个成年人舒舒服服地躺着。浴缸上方有一扇小窗。

"当时这扇窗户是什么状态？"

"是开着的。"道代回答，"但是外面安有纱窗，那是在里面用螺丝固定的，不可能从外面卸下来。"

"确实是这样。"侦探仔细地查看纱窗。

"我们会每三天向您报告一次结果。"侦探回到会客室后说，"另外，关于密室的谜团，恐怕并没有想象中复杂。"

"是吗？"

"很简单。"侦探说，"只有一种可能，就是您先生自己锁的门。这自然是有理由的。而这一点，很可能牵涉案件的真相。"

6

正如约定的那样，侦探俱乐部在第三天晚上报告了调查结果。打来电话的是那位女助手。

"玉枝有一个女儿。"女助手说，"女儿还有一个两岁的孩子。"

"听说过。"道代回答。玉枝平常不太提及自己的家人，但她确实说过这件事。

"那孩子有先天性心脏病，必须尽快动手术。"

这个情况道代可不知道。于是她问："然后呢？"

"手术费用相当高，但玉枝表示，她会设法筹措这笔钱。"

"玉枝？"

"夫人您知不知道，玉枝准备怎样筹钱？"

"不知道。"道代拿着话筒摇了摇头，"我想她应该没有那么多存款。"

"这样啊。"

接着，女助手又报告了青木行雄被无赖纠缠，不得不躲起来的事。这件事道代也知道。他好像是被一个无赖的女人敲诈勒索，应该很快就会来找道代借钱，但因为母亲喜久子很要面子，到现在为止还没上门。

听了以上的报告后,道代挂了电话。

刚把话筒放好,回头一看,发现利彦就在她身后。道代先是有些吃惊,旋即露出微笑。

"吓了我一跳。什么事啊?"

"是那个侦探打来的吗?"利彦问。

"是的。"道代回答。

"案件不是已经了结了吗?怎么还……"

道代依然笑着替他拿掉衬衫上的线头。

"无法解释的事情太多了。我觉得案子里还有什么内幕。只要那些事情还没弄明白,案子就不能结。"

"是你心理作用吧。"利彦说,"所有的事情不都弄清楚了吗?"

"啊,怎么说呢……"道代把双手搭在利彦的肩上,"今天和百合子小姐见面了吗?"

"没有……"

"是吗,年轻人还是每天都见面的好呀。"说完道代把额头靠在利彦胸前,但利彦喘着粗气推开了她。

"我回房间了。"

"一会儿我过去,好吗?"

"对不起,我还有工作。"

"这样啊。"

利彦从道代的面前离开,慢慢地走上楼梯。看着他的背影,道代不禁想起几年前的某一天发生的事情。

那还是刚刚收养利彦不久,从他看自己的目光里,道代开始感觉到微妙的变化，不再是单纯看待舅妈的眼神。如果说她对那种目光没抱某种期待，那是骗人的，应该说，她其实在期待着什么。当时道代对与孝三之间的夫妻生活也已感到厌倦，当年少轻狂的利彦冲动地来到面前时，道代只是象征性地做了抵抗。坦白说，她早就在等待那一刻了。

两人的秘密关系持续了很长时间，之后也一直维系着。但在道代还想继续保持这种关系时，却得知利彦有了女朋友。

寂寞和妒忌——枉自活了这么大岁数，她心里还是充满了这种感觉。

但她是利彦的第一个女人，这一直是她内心的骄傲。也可以说，这是支撑她的力量。利彦是不可能忘记她的。

7

又过了三天，侦探俱乐部的两人来到了山上家。和他们见面时，道代几乎无法压抑心中的不安。

"都调查清楚了吗？"她交替看着两人问道。

"这个嘛，"侦探轻轻点了点头，"我想应该掌握了案件的真相。"

道代轻呼了一口气，内心交织着紧张和不安。

"那么快告诉我吧。"

道代将两人请到会客室。

侦探递给道代一沓报告。

"首先引起我们注意的，是玉枝选择的这种杀人方法——也就是把电线穿过浴室的纱窗接到浴缸，然后接通电流将孝三电死。"

"这种方法有什么疑问吗？"道代在脑海里反复思索着，然后问道。

"没有，方法本身并没有问题，值得注意的是为什么玉枝会使用这种方法。玉枝已经五十一岁了，无论现在的科学多么普及，考虑到她的年纪，她能想到这种手段实在很不自然。"

听到这里，道代禁不住"啊"了一声。之前她从没想过这个问题，现在被侦探一说，确实觉得不自然。

"所以我们认为，想出这个方法的，很可能另有其人。"

"另有其人？这个人在那天参加聚会的人中间吗？"

"合理的推测是，确实就在他们中间。"侦探轻轻咳嗽了一声，"那么是谁指示她用这种方法的呢？因为这等于是命令她杀人，可以想见，这个人对玉枝必定有着重大的影响力。"

"影响力？"道代重复了一句。这个词平常难得用到，念起来感觉怪怪的。

"问题在于，这个人到底是谁。"

侦探把报告的第一页递给道代，上面记载着关于玉枝外孙的调查结果。

"玉枝无论如何都要筹到手术费，而且调查显示，她确实有筹钱的渠道。"

"好像是。"

"由此我们推测，这个可以替她拿出这笔巨款的人，正是对她有着极大影响力的人。"

"能给她这笔巨款的人……"

道代想到了很多人：青木信夫、中山二郎……

她摇了摇头。"没有人拿得出这么多钱呀。"

侦探的嘴角微微一动。"有一个人夫人好像忘了。"

"有一个人？"

道代又把每个人在心里过了一遍。应该没有漏掉谁啊，利彦和敦司肯定不会有这么多钱。

"想不出来。在我亲戚中要说有钱的，就数我先生了——"

道代的声音戛然而止。她感到那位女助手似乎淡淡地笑了一下。

"难道是……"道代喃喃道，连声音都变得嘶哑，"难道是我先生？"

"确实是他。"侦探说，"除他之外不会有别人了。"

"可被杀死的正是我先生啊，难道他下达了杀死自己的命令？"说着，她突然意识到了什么，"莫非是……自杀？"

"嗯。"侦探煞有介事地点了点头，"这样分析，一切都合情合理了。例如电线的设置，我们这样设想怎么样？其实那并不是孝三进浴室之前布下的，而是他进去后和外面的人，也就是玉枝一起接好的。玉枝从外面把电线穿进去，里面的孝三接住后，把电线接到浴缸里……应该就是这样。如果这时谁，比如夫人您推门进来，那可就麻烦了，所以他才事先把门锁上。既然马上就要自杀，头发当然也就不用洗了……"

道代呆呆地听着。"那么确实是自杀吗？"

然而侦探立刻摇了摇头。"不，这样说的确能讲通，但结论还是不可能。虽然我们确实常听到这样的事，自尊心很强的人因为觉得自杀是可耻的行为，刻意伪装成他杀来结束自己的生命，但根据我们的调查，孝三完全没有自杀的动机。"

"是啊。"道代附和着，稍稍放下心来。

侦探继续说道："可是我们坚持认为，用电线作案的方法是出自孝三的指示。于是我们换了一个角度来思考，也就是说，孝三使用这种手段，会不会是为了杀死另外某个人？"

"另外某个人？"

"是的。但中途玉枝背叛了他，结果反而杀死了他自己，不是吗？"

"我先生要杀的人，该不会是……"

"没错。"侦探垂下眼睛，点了点头，"正是您，夫人。"

8

孝三要杀死自己——

道代一阵眩晕。这是她完全没有想到的。

"调查结果表明，孝三在外面有一个女人。"

侦探翻开报告的第二页，上面贴了一张年轻女子的半身照片。

"是个酒廊小姐。"侦探说，"孝三对她是很认真的。根据相关人士提供的信息，孝三曾经透露出希望和她一起生活的想法。"

道代拿着报告的手有些发抖。"所以他要杀了我，和这个女人……"

"那么，孝三是有动机的。"侦探并不理会道代的激动，依旧用公事公办的语气说,"总之,我们可以这样推理:首先孝三抓住玉枝迫切需要一大笔钱的心理,要她参与杀死夫人的计划。当然,报酬就是她外孙的治疗费。这个计划就是利用电线来杀人,但玉枝并没打算按照孝三所说的去做。也许她是觉得,如果孝三死了,财产就会转移到夫人手里,到时候可以跟夫人商量,借这笔治疗费吧。反正要杀一个人,与其杀死平时很照顾自己的夫人,还不如选择杀死孝三。孝三在毫不知情的情况下,将电线接到浴缸里,就在他连接电线的时候,玉枝把电线的另外一头插到了电源插座上。"

"所以,"道代小声说,"他根本来不及洗头?"

"可是,"侦探放低了声音,"到了这里仍然有疑问。假如玉枝没有背叛他,夫人真的在浴室死亡,医生会怎么说呢?孝三心脏本来就不好,别人不会起疑心,但如果夫人出现心脏麻痹,就会让人觉得很可疑。或许,他是要人们认为您是触电身亡的吧?"

"确实是……"

"我们也设想了他们打算怎样达到这个目的,结果发现他们设下了一个非常巧妙的圈套。"

"圈套?"

"是的。凶手们制造了一种状况,即使您触电身亡,医生或警察来检查尸体时也不会怀疑。"

"凶手们……"

道代心想,这是怎么回事?是指玉枝和道代吗?

"就是用洗衣机。"侦探像宣告什么似的说,"如果触电身亡的夫人尸体漂浮在浴缸里,很有可能会引起警察的怀疑。但如果尸体倒在洗衣机旁，而这台洗衣机刚好又漏电，那会怎样呢？警察就会当成单纯的事故处理了吧？"

道代只觉得全身的寒毛都刷地竖了起来。

"您在浴缸里被电死后，凶手们就会把您移到洗衣机旁。"

"可是……我家的洗衣机不漏电啊。"

"但如果有人倒在洗衣机旁被电死了，警察一定会问，这台洗衣机最近有没有异常？"

"应该会回答没有异常吧。"

"是吗？我想恐怕有人会回答，傍晚时两个年轻人打架，撞倒了洗衣机……"

"啊……"

"另外，凶手们还会事先去掉洗衣机的地线，那就更完美无缺了。警察调查洗衣机时，会认为虽然现在不漏电，但很难断定以前不漏电，或许是打架时撞倒了洗衣机，以致某个地方一时漏电了。于是谁也不会受到怀疑。"

"打架的是敦司和行雄……那两人也是同伙吗？"

现在想想，当时他们争吵的起因不过是鸡毛蒜皮的小事。

"不，大概只有行雄是同伙，敦司只是被故意找碴罢了。行雄招惹了无赖的女人，急需用钱，才被孝三收买了。"

"于是，"道代深深叹了口气，伸手挠着头发说，"我先生、玉枝、行雄——这三人合伙要把我杀掉，是吧？"

侦探没有马上回答，而是微微偏过头。他很少有这种暧昧的态度，道代不禁心里一沉。

"事实上还有一个同伙。"侦探说，"从性格来看，这几个人根本想不出这么周密的计划,所以我们认为还有一个出谋划策的人。"

"出谋划策?"

"于是我们想起一件事,孝三洗澡时,洗衣机是在转动的。凶手们要制造夫人洗完澡后,因为洗衣机漏电而被电死的假象,所以洗衣机当然得接通电源才行。可是,为什么那时候洗衣机会通电呢?那是因为某个人刻意的举动。"

"利彦?"

他去劝架,然后衬衫被弄脏了,接着又说明天和别人见面要穿这件衣服,希望今天洗干净……

"是利彦吗?"

道代又重复了一遍。从某种意义上,她受到的打击比得知孝三要杀自己时大得多。

"从他的性格来看,制订这么缜密的计划也不稀奇。可以肯定,他是这个团伙的智囊。但有一个问题我们也没有答案,那就是利彦要参与杀害夫人的动机。他为什么会答应孝三呢?这一点我们始终不明白。"

孝三他……

孝三他大概知道了自己和利彦的关系吧,道代想。而且,孝三也知道利彦希望结束和自己的关系。

道代呆呆地盯着侦探的报告,上面贴着一张利彦的照片。

利彦皮肤白皙,戴一副金边眼镜。

委托人之女

依頼人の娘

1

八月一个晴朗的日子,美幸结束了社团的训练回到家门前时,发觉家里的氛围很奇怪。

她停下脚步,从门口再一次向家里望去。

这是一种很不真实的感觉,就好像整个家被假造的东西顶替了。

当然这是不可能的。美幸歪了歪头,耸了耸肩便进了家门。玄关的门没锁。

"我回来了。"

美幸一边脱鞋一边大声说,但感觉就像对着深井喊话一样,只听到回声,却没有人应声。

"没人在家吗?"

她又喊了一句,发现刚脱的鞋子旁边有一双眼熟的皮鞋。她会认出来也很自然,那是爸爸阳助的。

爸爸的皮鞋整齐地摆放在那里。

"爸爸在家吗？妈妈呢？"

美幸来到走廊上，推开客厅的门，里面透出灯光。

"谁……"

刚踏进房间，她瞬间屏住呼吸。映入眼帘的是一个坐在沙发上的人，那是爸爸阳助的背影。那穿着短袖白衬衫的后背犹如岩石般纹丝不动。

"怎么了？"

她问道。阳助的左手夹了根香烟，白色的烟雾摇曳着升起。

做了个深呼吸后，他转头望向美幸，然后如梦方醒似的把烟灰弹落在烟灰缸里。

"是美幸吗？"

略带嘶哑的声音异常沉重。

"实际上……"

他正要往下说时，玄关的门铃突然响了。他吓了一跳，打住话头，向玄关望去。

"出什么事了？"

美幸问道。

但阳助没作声，脸上的肌肉痛苦地抽搐着。

接着他将视线从女儿身上移开，拖着有些趔趄的脚步朝走廊走去。

阳助打开玄关的大门，外面站着穿制服的警察。

那是两个像陶俑般面无表情的男人，其中一个问阳助：

"尸体在哪儿？"

尸体？

嘘——阳助示意警察噤声，一边回头看了看美幸。

就在这一瞬间，美幸意识到发生了什么事情，而后不由自主地迈开脚步。

"啊，不能到二楼去！"

在她跑上楼梯时，阳助喊道。

但她并没有因此停下脚步，这完全是出于强烈的直觉。

美幸几乎没有犹豫便推开父母卧室的房门，然后看到了妈妈。

妈妈死了。

2

八月的一天，美幸回家时发现母亲死了。

浑身是血地死了。

白色床单上的斑斑血迹，说明当时出血是何等惨烈。但她的记忆到此戛然而止，醒过来时，已经躺在自己房间的床上。

她感到脚上很沉，睁眼一看，原来是姐姐享子趴在那里。享子坐在床前，两只手放在美幸的脚边，头伏在上面。

享子的身体一动也不动，于是美幸稍微坐起身。似乎是感觉到她的动作，享子也抬起头。

"你醒了？"

姐姐说，声音像发高烧般无力。

"我，"说着，美幸摸了摸自己的脸，"我是做了一个梦吧？"

享子重重地摇了摇头。

"可惜……那并不是梦。"

美幸没作声。有什么东西从胃里往上翻涌。

"妈妈她,"享子直直地看着美幸,"已经死了。"

依旧是沉默。

"是被杀死的。"

"……"

美幸想说点什么,可是牙关打战,发不出完整的声音。只有心脏在剧烈跳动。

"是被杀死的!"

享子又说了一遍,可能是觉得妹妹还没搞清楚状况吧。

"被……谁?"

美幸好不容易挤出这两个字。

"还不知道。"享子说,"现在警察来了,要作各种调查,你也听到了吧?"

确实感觉外面有很多人在走动,不时传来说话声。

美幸用被子蒙住头,接着便是一阵放声大哭。

当她停止哭泣时,外面响起敲门声。她感到享子起身走了过去,接着又回来了,把脸凑到她耳边。

"警察说,想问我们几句话。"享子说,"怎么办?是等一会儿再问你?"

美幸想了想,在被子底下摇了摇头。虽然她现在谁也不想见,但还是想从警察那里了解事情的来龙去脉。

等她坐起身,享子把门打开。进来的是一个三十来岁、体格健壮的男人。

"只问几个问题可以吗?"

警察坐在床边问,他的声音很温柔。美幸点了点头。

"听说你去参加社团训练了,回来时是几点?"

美幸加入了所在高中的网球社。

"嗯……应该是刚过两点半吧。"

训练到两点,然后跟朋友一起喝了杯饮料就回来了。

"那么,你看到妈妈了吗?"

"看到了……"

"接着你就昏过去了?"

美幸垂下头。她觉得见到妈妈的尸体就昏了过去,好像有些不光彩。

"你能把从你回到家到走进妈妈房间这段时间的事情都告诉我吗?"

于是她一边回想,一边慢慢讲述。整个过程没什么特别的。

"你到妈妈的房间时,没有发现什么和平常不一样的地方吗?"

"和平常不一样?"

最不一样的就是妈妈死了。除此之外,并没觉得有什么不同。当时她根本没工夫想那么多。

刑警把目光移向享子。

"你是什么时候回来的?"

"三点左右,那时你们已经来了。"

到底是大学生,享子回答得清楚干脆。

"冒昧问一下,你之前去哪里了?"

"图书馆。"她答道,"中午出去的。"

"你说的中午是几点？"

享子歪头想了想。"我想是一点多吧，吃过午饭后走的。"

"走时你妈妈在家吗？"

"在。"

"有什么反常的情况吗？"

经刑警一问，享子又歪头沉吟起来。接着她微微闭上眼睛，但很快又睁开看着刑警。

"不清楚，一时想不起来。"

"是吗？"

接着，刑警又问起门窗上锁的情况，即她们的妈妈妙子独自在家时是怎么锁门的。

"几乎不上锁，"享子代表姐妹俩答道，"大门也是这样，我想从院子也能进来人。门都是敞开的。"

美幸心情压抑地听着姐姐的话。难道今后在家时也得神经质地把每扇门都锁上吗……

接下来，刑警问两人关于这个案子有没有什么线索。两人都理所当然地摇了摇头。刑警点点头，合上记事本。

"请问……"

见他站起身，美幸有些紧张地问。刑警半弯着腰停下来，回头看着她。

"请问……我妈妈是怎样死的？"

刑警露出犹豫不决的表情，迅速瞥了一眼享子，像是在问：可以告诉她吗？于是美幸也看着姐姐。

"是被刀子刺中了胸口。"

享子无奈地说道。她一边说,一边用食指指着自己的左胸。"所以出了很多血,你也看到了吧?"

看到了,美幸想说。但她发不出声音,只是不停地颤抖。

"不存在自杀的可能吧?"

享子确认似的问,刑警也点了点头。

"在屋角的垃圾桶里发现了疑似凶器的水果刀,上面的指纹已经被擦掉了。所以我们认为是他杀。"

"那么……妈妈是什么时候遇害的呢?"

美幸小心翼翼地问。刑警又翻开记事本。"综合目前的证词,享子小姐是一点左右离开家的,男主人——也就是你们的爸爸——发现尸体是两点半,所以应该就是在这期间死亡的。"

"一点到两点半……"

美幸重复着,不禁又产生疑问。

"爸爸今天为什么这么早回来?"

阳助在当地一家制药公司担任营销方面的要职,像今天这么早回家,几乎是从来没有过的事。

"听说爸爸身体不舒服,所以提前回来了。"享子告诉她,"可是他怎么也没想到,竟然会发生这样的事。"

"爸爸……是爸爸最先发现妈妈死了吗?"

美幸问刑警。

"没错。他发现后马上报警,紧接着你就回来了。"

"紧接着……"

"出于调查的需要,难免会打扰到你们。你先好好休息吧,今天就到这里了。"

说完刑警离开了房间,享子也跟着出去了。

两人走后,美幸又蒙上了被子。但她的头脑很清醒。

如果爸爸回来时,妈妈已经死了⋯⋯

爸爸不是那种会把脱下的鞋整齐放好的人。那么,把那双皮鞋摆放整齐的人又是谁呢?

3

客厅里,另一位刑警正在向这家的主人——的场阳助了解情况。

"这只是形式上的询问。"刑警先说了句开场白,"你在两点半左右回家这件事,有确实可靠的证据吗?"

"证据?你是在怀疑我吗?"

阳助不由得提高了嗓门,脸上也流露出怒意。刑警立刻挥了挥右手。

"这个时间很关键,如果能证明这是客观事实,今后的调查就可以少走弯路。"

刑警委婉地说。

阳助叹了一口气,伸手扶住额头,问道:

"亲戚可以作证吗?"

"你说的亲戚是⋯⋯"

"我的小姨子,大塚典子。她就住在这附近,今天下午两点从公司出来时,刚好碰上了她。当时她也要回家,就搭我的顺风车回来了。如果你们去问问她，她会为我作证。不过就像我说的，她是我亲戚。"

"原来如此。"刑警略一沉吟，点了点头，"还有其他证据吗？"

"这个嘛……"

阳助挠了挠头，接着好像突然想起什么似的停下了手。

"能不能作为证据我不知道，但两点多时我打过一个电话。"

"电话？打到哪里的？"

"先是打给家里，本想告诉妻子我马上就回家，可是一直没人接，我就给邻居打了个电话。"

"等、等一下！"刑警慌忙伸出右手，"这种事情你应该早点告诉我们，这是非常重要的事啊。两点多时你打电话到家里，但是没人接，是这样吧？"

"是的。"

"然后你又给邻居打了电话？"

"我有些不放心，就请邻居帮我看看是怎么回事。"

"对方是怎么回答的？"

"邻居太太说，我家里好像没人。于是我就想，也许我妻子出门去了。"

"你打电话的时候，妙子夫人的妹妹和你在一起吗？"

"嗯。"

"唔……"

刑警用自动铅笔的笔帽挠了挠鼻翼，拖长了腔调沉吟道。

"那个小妹妹情况怎么样？"

看到真田从美幸的房间出来，刚才向阳助了解完案情的资深刑警田宫问。他们俩都是搜查一科的。田宫和真田不同，身材略显瘦削，颧骨也比较凸出，锐利的眼神看起来很凶，感觉上不太适合询问高中一年级的女孩子，所以才让真田一个人过去。

"姐姐离开家的时候是一点啊……说得比较吻合。"

听着真田的报告，田宫点了点头。"遇害的时间应该在两点左右，这期间只有妙子夫人一个人在家，显然凶手是算准了时间。"

"看来不是为了劫财。"

"不是。"田宫说，"室内没有翻动过的迹象，实际上好像也没丢什么东西。"

"也没有被强暴吧？"

"没有。剩下的就是仇杀或情杀了。"

"她和丈夫的关系怎么样？"真田压低声音问，"丈夫说是两点半回来的，证实了吗？"

"嗯，这一点有证人可以证明。"

田宫把被害人妙子的妹妹可以作证的事告诉了真田。不过因为当事人大塚典子现在不在家，还没有得到确认。

"是的场妙子的亲妹妹吗？"

真田用怀疑的目光问。

"那还用说，不过姐妹俩关系如何还有待调查。"

"说是刚好碰上的，总觉得太巧了点。"

"但也不能仅凭这一点就怀疑他呀。先不管这个，你跟我一起走一趟吧。"

田宫带真田去的是的场的邻居家。虽然比的场家小一些，却有一个可以停两辆车的停车场。

从玄关出来的是个略微发福的中年妇女，一看就是那种爱传八卦的女人。她当然也知道了这个案子，田宫和真田自报家门后，她马上两眼放光地问他们有什么问题。

"据的场先生说，他曾在两点过后给府上打过电话，是这样吗？"

田宫向她核实阳助所说的话，邻居太太重重地点了点头。

"他确实打来电话，让我帮忙看看他家的情况，所以我特意上二楼看了一下。"

"那时他家没有人，对吧？"田宫问。

"嗯，这个嘛……"

邻居太太的双手一会儿交握，一会儿又松开，整个人突然扭捏起来，给人的感觉与其说是欲言又止，倒不如说是在期待更加急切的询问。

"有什么事吗？"

正像她期待的那样，田宫迫不及待地问道。

"这个嘛，既然是警察先生，我就照直说了。"

她像是刚刚下定决心似的抬起头。

"有一个推销员模样的男人在门外转悠呢。"

"男人？"田宫的表情顿时紧张起来，"什么样的人？"

听到资深的同事这样问，旁边的真田赶忙拿出记事本。

"嗯，大约四十来岁，瘦瘦高高的，长头发，高鼻子，是个长相挺端正的男人。穿一身笔挺的藏青色西装，还提着很大的手提包，看上去好像是旅行包。"

"旅行包？"田宫歪着头思索,"那个人后来怎样了？"

"不知道呢,一转头的当儿就不见了。"

"有这样一个人呀。"

刑警们向主妇道过谢后便离开了。

田宫他们又回到的场家,被害者妙子的妹妹大塚典子来了。他们在的场家的客厅和她见了面。

典子是个三十六七岁的沉稳女子。姐姐妙子长得很秀丽,而妹妹也称得上是美女。除了眼圈有点发红外,她并没有太多惊慌的样子。但她双手紧握着手帕,这莫名地吸引了田宫的注意。

田宫首先就妙子被杀的事问她有没有什么线索,例如她姐姐最近的言行、人际交往等等。

但典子的回答对刑警们来说并没有什么参考价值,她最近没怎么和姐姐见面。

"你今天出门了是吧？"问过上述问题后,田宫又问,"你是去哪儿呢？"

"去街上买了点东西。"典子用平淡的语气回答,"然后回了一趟家,又去了附近的超市。"

"是一个人去购物吗？"

"购物是一个人去的,但回来时碰到姐夫阳助,他就用车把我送到家了。"

田宫迅速和真田对视了一眼,接着问：

"你遇到阳助是几点？"

典子歪着头想了想,回答道："两点吧。"

"然后就直接回家了？"

"不是。"说完这句，她好像在考虑着什么，"姐夫先给家里打了个电话，接着就回家了。"

"是这样啊。谢谢你的合作。"

刑警们向她点头致谢。

4

案发后又过了四天，警方全力调查，但还是没有找到有关凶手的线索。

美幸这天参加了已经缺席几天的网球社训练，希望借此散散心。其他队员比平常更亲切地和她打招呼，为了回应大家的热情，美幸也积极地投入练习。

训练结束后，她和队友们走进常去的甜品店。在那里边喝饮料边和朋友聊天，是美幸的一大乐趣。

不知怎的话题扯到了汽车上。大家开始讨论喜欢什么车型。

"美幸的爸爸开的也是好车呢。"

一个叫知美的朋友说。

"是吗？"

美幸侧着头说。阳助开的是奥迪。

"那辆车真拉风。我家的车是国产的，买了好多年了，设计什么的都很落后，就算出去兜风也提不起劲来，样子太逊了。"

"说起来，前几天我还看到美幸的爸爸开车了。"另一个叫厚子的朋友说,"对了,就是我脚受伤没参加训练那天。是在去医院的路上,在一丁目等信号灯时看到的。"

这个朋友没参加训练那天,正是美幸的妈妈遇害的日子……

想起那天的事情,美幸闭上了嘴,低头不语。知美发现了这一点,伸手捅了捅厚子。

"啊,对不起。"厚子放低声音说,"我这人粗神经……对不起。"

"没什么,不用放在心上。"美幸抬起头,露出雪白的牙齿一笑。

"对了,那天我爸爸是和谁在一起吗?"

美幸心想,爸爸那天从公司出来就碰到了典子姨妈,如果厚子是在一丁目看到他的,那姨妈应该也在场。

但厚子却现出不可思议的表情回答道:"没有,就他一个人。"

那么,是他把典子送回家以后的事吗?

"那时是几点?"

被美幸一问,厚子想了想说:"应该是一点半。我是一点四十到的医院,不会错的。"

"一点半……"

美幸不解地歪着头。按照爸爸的说法,他是两点前离开公司,两点半到家,这个时候不应该开着车在街上啊。

"你确定吗?"

"嗯,我想错不了。"

厚子大概以为自己又说错了话,脸上露出不安的神情。

和朋友分手后,美幸走在回家的路上,突然有人从后面拍了拍她肩膀。回头一看,是姐姐享子。

"姐姐……"

"你怎么了？好像有心事的样子。"享子问。

美幸犹豫了一下，还是把对爸爸行动的怀疑告诉了姐姐。毕竟这种事情绝不能向外人透露。

美幸边走边说，一直到她说完，享子始终没有开口，只是默默地朝家的方向迈动脚步。穿过大门，走进玄关后，她抓住美幸的双肩，低下头，目不转睛地看着她。美幸觉得姐姐的目光有些可怕。

"这件事你没对任何人说过吧？"

享子问，声音低沉而有力。

美幸点了点头，享子见状也放心地点点头，松开她的肩膀。

"知道吗？以后也绝对不能说出去。还有，你要跟那个朋友说，那是她看错了，让她不要再跟别人讲。"

"为什么？"美幸问，"厚子认识爸爸，我想她不会认错人的，而且车也一样……"

没等她说完，享子就把食指贴到她唇边制止了她。

"明白吗？爸爸是在两点前离开公司，两点半到的家，中途又把典子姨妈送回家。这都是真的，你不要再胡思乱想了。"

"可是……"

"总之，你要和那个朋友讲清楚，知道吗？"

说完，享子便走进自己的房间。

这天晚上，典子过来帮忙准备晚饭。据说她丈夫因为工作上的应酬要晚回家，她也留下来一起吃饭。

坐在典子身旁，美幸时不时就吃上一惊。姨妈不经意的一举一动，还有声音，都太像妈妈妙子了。

"姨妈，"饭吃到中间，美幸开口问典子，"妈妈遇害那天，你去买东西了吧？"

典子像是被问了个措手不及，瞥了阳助一眼后，点点头说：

"嗯，是啊。"

"你买什么了？套装吗？"

"美幸！"享子不容分说地出言打断，"你别问了，这跟你没关系。"

"我不就问问嘛。"

美幸看着姐姐撅起了嘴。

"没这个必要。"

"喂，你们这是怎么回事？"一直没作声的阳助终于看不下去了，插嘴道，"妈妈已经不在了，你们姐妹俩如果不好好相处，可就麻烦了。"

美幸把刀叉狠狠摔在桌上，站起身来。

"美幸！"

享子又叫了一声。

"我算明白了，你们就是把我当外人！"

"你说什么呢！"

"不用再说了！"

美幸冲进自己的房间。

5

第二天中午，美幸坐在高中附近的一家咖啡馆。她身穿蓝色T恤，扎着马尾辫。其实她不太喜欢这种打扮，但说到醒目好认，她能想到的就是这个样子了。

美幸看了一眼自己的米奇手表，一点还差五分。她有些不安，于是又点了一杯橙汁。可能是因为紧张，总觉得嗓子特别干。

刚到一点，咖啡馆里进来了一对男女。美幸一看就知道他们是自己要见的人。这么热的天气，男人依然穿着黑西装，而女人也同样穿着黑色连衣裙，身材高大，和电话里的形容完全相同。

男人戴着墨镜，看到美幸后，他用食指把墨镜向上推了推。

"你就是的场美幸小姐吧？"

男人问，声音粗重而响亮。见美幸点了点头，两人便默不作声地在对面坐下。

"请问……你们是侦探吧？"

两人没有回答美幸的问话，而是向过来的服务员点了咖啡。女人的声音就像电视台主播般圆润动听。

"你有什么事情吗？"

男人问道。这好像也是对美幸刚才问题的回答。

美幸是偶然知道有这样一个"侦探俱乐部"的。当时阳助去打高尔夫，刚好有急事必须马上联系到他，为了找高尔夫球场的电话，美幸翻开他的电话簿，发现上面记着一个名为"侦探"的联系电话。想起这件事后,美幸今天早上又查了一次电话簿,给对方打了电话。

"我……我是的场阳助的女儿……"

美幸正想先做自我介绍,男人已经伸出右手制止了她。

"我们对你已经有一定了解,所以请直接说需要我们调查的事吧,我想应该和你母亲过世的事情有关。"

美幸吃惊地瞪大了眼睛。

"果然你们已经知道了。也难怪,报纸都已经登出来了啊。"

"即使报纸没登,我们也知道。重点是,你需要我们做什么呢?"

这时服务员送来了咖啡。

等服务员离开之后,美幸便挑明来意。

"嗯……实际上从那件事发生后,大家的样子都有些不对劲。"

"你说的大家是……"

"爸爸、姐姐,还有姨妈。总觉得他们有什么事情瞒着我,常常避开我说悄悄话,我一提到案子,他们就马上扯开话题。"

"噢?"侦探看了一眼同伴,又把视线移向美幸,"但那或许只是他们大人在讨论事情,觉得没必要跟你说吧。"

"不是这样的!"美幸稍稍提高了音量,她最不喜欢被当成小孩子了。"不止是这些,爸爸对警察说的话也有很多可疑的地方。"

接着美幸告诉侦探,在按照阳助的证词不应该出现的时间里,自己的朋友看到了他,而且当时他也没和典子姨妈在一起。她顺便还把妙子被杀那天,阳助的皮鞋整齐地摆放在玄关的事情也和盘托出。

"如果你说的都是事实,那的确有些奇怪。"

侦探说道，从他的语调里听不出他有没有兴趣。

"是吧？所以我想请你们调查一下，爸爸他们到底隐瞒了什么？"

"可是如果你有这样的疑问，告诉警察不是更好吗？"

"不行呀！"

这次她的声音更大了。见周围的人纷纷投来视线，美幸缩了缩脖子。"那样的话，爸爸他们就会受到怀疑，所以我才请你们帮忙的。"

侦探交抱起双臂，抬头望了一会儿天花板，最后终于下定决心似的点了点头，对美幸说：

"那就这么办吧。我们先调查一下这三人的行动，如果还有什么疑点再深入调查，怎么样？"

"好，我想可以。"

"可是调查费呢？你打算让你爸爸出吗？"

"调查费嘛……大概要多少？"

于是侦探先声明只是初步的预计后，说了一个大概的数字。

美幸托着脸颊想了想，砰地拍了一下手说："过年的压岁钱我还一点都没用呢，差不多应该够了。"

"压岁钱呀……"

"请你们多多努力吧！"

美幸伸出了右手。

"那就谢谢了。"

说着，侦探握住了她的手。

117

6

的场享子来找搜查一科的刑警真田，是在案发一周后的一天。尽管连日来全力进行调查，却没有找到任何线索，专案组也开始流露出焦躁的情绪。

在房间一角设置的接待室里，真田接待了的场享子。和上次见面相比，享子的气色看上去好多了。

"你们知道我妈妈每个月去一次附近的文化中心学习藤编工艺吗？"

她客气地切入主题。

"嗯，知道。是从半年前开始去的吧。"

真田也去那家文化中心调查过，但并没有收获。

"妈妈每次去时都带一个手提包，昨天我整理包里物品时，发现了这个。"

说着，享子递出一张名片。真田接了过来。

名片上印着这样一行字：

新幸文化中心　油画讲师　中野修

这个新幸文化中心，正是妙子去的文化中心。

"你认识这个叫中野修的人吗？"

真田问享子，但她不假思索地摇了摇头。

"我连听都没听说过。"

"令堂除了藤编工艺外,还学习油画吗?"

"没有。她从来没提过油画的事,所以我才纳闷,她怎么会有这张名片……"

"这样啊。这张名片可以放在我这里吗?"真田拿起名片问。

"可以。"享子点了点头。

田宫和真田两名刑警当天便去拜访了中野修。那天正好有油画讲座,于是两人在文化中心的会客室里和中野见了面。中野留着长发,脸形秀气,田宫觉得就像用纤细的笔触描画出来的一样。

"是……的场太太吗?"看到田宫出示的照片,中野侧头思索着,"有点想不太起来了。因为工作的关系,每天都跟很多人打交道,也许是在什么地方给了她名片吧……她怎么了?"

"要说怎么了……你不知道吗?大约一周前她被杀害了。"

听到田宫这样说,中野毫不掩饰地皱起眉头。

"是吗?这真是个残酷的世界啊,那凶手是谁?"

"现在正在调查。对了,你能不能把学油画的学员名单借我们一用?"

"名单?派什么用场?"

中野瞬间的惊慌没有逃过田宫的眼睛,但他装作什么也没看到,回答道:"我们想调查看看有没有认识的场太太的人。"

"是这样啊。"中野说,"那去办事员那里就可以借到,但请不要过分打扰学员。"

"这一点我们会充分注意的。"

说罢田宫起身告辞。

田宫和真田回到警局后,立刻分头给油画学员打电话。如果这些人当中有人认识妙子,就能了解她最近的交际情况了。

没过多久,还真找到一个认识的场妙子的女人。真田打电话联系的这个学员叫古川昌子,她家就在警局附近,两名刑警当即赶了过去。

"是啊,我跟的场太太很熟。听说她已经不在人世了。"

古川昌子个子娇小,看上去很善良,但显得有几分紧张。田宫将这解释为一般人面对刑警时的正常反应。

"你们是怎么认识的?"

田宫刻意用沉稳的语气问。

"噢,我们前年在驾校一起学车。"古川昌子答道,"后来很长时间没再见面,有一次偶然在文化中心遇到后,就又走得很近了。她学藤编工艺,我学油画……"

她的声音渐渐低了下来,田宫感觉她的态度也有所冷淡。

"油画老师是中野修吧?"

田宫注意着对方的反应。古川昌子的身体微微颤抖了一下,小声回答:"是的……"

"你是不是把中野介绍给了的场太太?"

"什么?这个呀……"

"介绍了吧?"

她轻轻点了点头,然后断断续续地说道:

"当时……的场太太说学完藤编工艺后,还想再学点什么,我就劝她学油画。在她来上试听课的时候，我向她介绍了中野老师。在有油画讲座的那天，我带她去了中野老师的办公室。"

"那是什么时候的事？"

"大概半年前吧。"

古川昌子取出手帕，擦拭着额上渗出的汗水。

"后来三个人见过面吗？就是你、的场太太，还有中野老师，你们三人。"

她摇了摇头。

"从那以后，我们三人就没再见过面了。不过……"

"不过？"

田宫看着欲言又止的古川昌子，于是她像下了决心似的开口了。

"这件事我本来应该早些告诉你们才对，可是我实在不想被卷入麻烦，所以一直没说。"

"什么事？"

"嗯……就是案发那天，我接到的场太太一个奇怪的电话。"

"奇怪的电话？她怎么说？"

"她说，她不会再去文化中心了，要我转告中野老师。"

"不去文化中心？"

田宫重复了一遍，和真田面面相觑。真田也感觉不可思议地沉吟着。

"这是怎么回事？"田宫问古川昌子。

"我不知道。当时我也这样问过她，她只说总之不想再见到中野老师了……然后就径自挂断电话。"

"这样啊。"田宫左手抚着胡子没刮干净的下巴,似乎已经隐约看到了案情的轮廓。

离开古川昌子家之后,田宫他们顺道又去了新幸文化中心的办公室,借到中野的照片后,马不停蹄地赶往的场家。不,准确地说,是的场的邻居家。案发当天,这家的主妇看到的场家门前有个可疑的男人。

"很像!"看了刑警递过来的照片后,邻居家主妇略带兴奋地说,"我想不会错的,非常像。这人是谁呀?"

但刑警们并没有回答她的问题,而是满意地告辞离开了。

"不在场证明?"

在咖啡馆里,中野啜了口似乎很难喝的咖啡后问。

"是的。那天下午两点左右,你在哪里?"田宫问。

"别开玩笑了,的场太太……我为什么要杀死这个人?"

"中野先生,"田宫低声叫道,"难道你和的场妙子没有特殊关系吗?"

中野的表情顿时扭曲,但他极力挤出笑容。

"你、你凭什么说这种话?"

"你认识一位姓古川的女士吧?"

真田在旁说道。中野犹如挨了一记闷棍,闭上嘴不吭声了。

"的场太太被杀之前给古川打过电话,那时她是这样说的,她说不想再见到中野老师了。"

中野的脸色刷地变得惨白,这一点旁边的两人都清楚地看在眼里。田宫故意不慌不忙地喝了口水,观察着他的反应。

"中野先生，实际上案发那天，的场太太的邻居看到一个很像你的人在的场家门前。"

中野瞪大了眼睛，接着单薄的胸膛剧烈地上下起伏。

"这究竟是怎么回事？"

"……"

"基于这种情况，我们不能不调查一下你的不在场证明，你可以理解吧？那么请你告诉我们，那天你在什么地方？"

中野双手掩面，发出低低的呻吟。田宫想，这个案子已经结束了。本以为会很棘手，没想到这么容易就破了……

"看来下面的话还是到警局去问比较好。"

田宫站起身，把手放到中野的肩膀上。

但事情不像田宫想的那么简单，中野坚决否认自己是凶手。

"我确实和的场太太感情深厚，"他两手抓着头坦白道，"但我们并不是随便玩玩，彼此都是真心的。我曾经这样要求她——和你丈夫离婚吧，然后我们结婚。"

"但她不肯答应，于是你就杀了她？"

"不是这样的。她答应我了，但她说没有勇气向家人摊牌，所以决定悄悄离家出走。我们约好的日子就是案发那天。"

"是她提出要离家出走吗？"

"是的。我们约好在车站前的'RUNE'咖啡馆见面，计划在那里会合后，就带她到我新租的公寓去。"

"但她没有来？"

田宫这么一问，中野垂下了头。"是，她没来。"

"所以你就去她家了？"

"不是。我去她家,是她叫我去的。"

"她叫你去的?"

"没错。她打电话到咖啡馆,让我马上过去,还说家里就她一个人,直接进去就行了。于是我立刻赶了过去,却发现她已经死在二楼的卧室里了。"

"少信口开河!"田宫伸出修长的手臂,一把揪住中野的衣领,"你听好,的场妙子被杀前,给古川女士打过电话,说已经不想再见到中野你了。被害人都说了不想再见到你,怎么可能还叫你到她家去呢?"

中野拼命摇头。"我根本不知道有这样的事。总之我过去的时候,她已经被杀了。"

"胡说!"田宫咆哮道,"她往咖啡馆打电话,其实是告诉你她改变主意了吧?所以你勃然大怒马上赶到她家,但她心意已决,你一气之下就用旁边的水果刀杀了她。"

"不是这样的!相信我,真的不是这样……"

中野用嘶哑的声音呻吟般叫喊着。

7

还在上次那家咖啡馆,美幸与两位侦探又见面了。男侦探依然是一身黑西装,看似助手的女人则换了件以黑色为基调的夏款针织衫。

"听说案子基本告破了。"侦探说。

"是的，但嫌疑人还没有完全招供。"

美幸说的是从刑警那里得到的消息。目前还没有完全招供……

"但刑警说了，那个人肯定是凶手。"

得知妈妈有外遇，并且要和那个男人私奔时，老实说美幸真的很受打击。而且妈妈还是被那个男人杀死的。但对她来说值得安慰的是，妈妈最后放弃了离家出走的念头。谁都难免会犯错误，重要的是有没有改正的决心。美幸是这样认为的。

正因如此，对那个恼怒妈妈变心而夺走她生命的姓中野的男人，美幸打心底里憎恨。

"那么，这次的调查你准备怎么办呢？"侦探极为公事公办地说，"既然凶手已经落网，对你来说案子就已经解决了，委托我们调查也就没有意义了。"

"不，还是请把调查结果告诉我吧。"美幸对侦探说，"即使案子已经破了，我还是觉得当时爸爸和姐姐他们的言行很反常。"

听罢这话，侦探垂下了眼睛，但只一瞬间便点了点头。

"好吧，那我就告诉你。"

侦探从公事包里拿出一沓报告。"从结论开始说吧，的场阳助、享子和大塚典子三人，最近的行为没有什么可疑的地方。他们都和平常一样，去公司的去公司，去大学的去大学，去购物的去购物，度过平凡的一天后回家。"

侦探递给她的报告里分别贴着三个人去公司、去大学及去购物时的照片，看上去没有任何问题。

"可是他们三个的确有什么事瞒着我，这是事实。侦探先生，你们对这方面没有进行调查吗？"

125

"不不，实际上关于这方面……"

侦探换了个坐姿，干咳一声，又喝了口没加奶的咖啡。

"我们大致掌握了案发当天阳助先生的行动。那天他是在一点过后离开公司的。"

"果然是这样。"美幸说。这就和朋友一点半左右看到爸爸对上号了。

"但是阳助先生并没有直接回家。"

"他去哪里了？"

"嗯……实际上你父亲那天是去了新幸文化中心。"

"什么？"美幸不禁失声惊呼。

侦探继续说道：

"是的，看来阳助先生知道了妙子夫人和中野的事，所以那天去文化中心想找中野谈谈。"

"爸爸他……知道妈妈有外遇了？"

"但他怎么也想不到，妙子夫人打算那天离家出走。"

"可是……爸爸并没见到那个姓中野的男人吧？"

"是的。当阳助先生放弃后回到家时，却发现了妙子夫人的尸体。但他不想公开太太有外遇的事。这不仅是为了顾全体面，他还担心这件事会让自己的女儿——也就是你——受到伤害。为了解决自己不在场证明的问题，他让小姨子为他作了伪证。因为如果如实说出去了新幸文化中心的事，他就不能不同时说出那个难以启齿的理由。"

"原来是这样啊……"

美幸叹了一口气。对于爸爸来说，确实会有这样的苦恼。

"你姐姐和姨妈也知道这件事,他们可能达成了共识,唯独对你要保守秘密。"

"其实不用这么费心。"

"这就是亲情啊。"侦探合上报告,"好了,以上就是调查的结果。你还有什么问题吗?"

"噢,那个,费用呢?"

美幸两手交握在一起,抬眼看着侦探。侦探把报告放进包里。"费用就不用给了,"他说,"毕竟没有进行什么特别的调查,也没有查出什么结果。再说你父亲每个月都交会费,这次就算了。"

"真的吗?那可太好了。"

美幸心里的石头总算落了地。当看到侦探们准备起身离去时,她又开口了:"啊,还有一个问题。"

"我爸爸那天的行踪,你们是怎么调查出来的?好像调查得非常清楚呢。"

侦探伸出食指,轻轻晃了晃。"这是我们的业务秘密。"

言毕,他们离开了咖啡馆。

8

星期六中午,阳助回到家里后,负责侦办案件的警察来了。还是田宫和真田这两位刑警,案发后他们已经见过好多次面。

"家里乱七八糟的。"

阳助一边寒暄,一边把两人请到客厅。

"案子现在怎么样了？"他交替看着两位刑警问，"那个男人……中野他招供了吗？"

"没有，现在的情况相当棘手。"

田宫苦笑着看了一眼真田，年轻刑警的表情也不自然起来。

"实际上，我们今天来就是要确认一件事。"田宫说。

"确认？"

"是的。"说着，田宫用有些夸张的动作拿出了记事本。"你太太——妙子夫人是高度近视吧？通常情况下不戴眼镜就什么都做不了吧？"

"是的。"

"那么她在家的时候一定会戴眼镜吧？"

"嗯……戴的。"

刑警顿了一下，低头看了一眼记事本，又望向阳助。

"她只有外出的时候才会戴隐形眼镜吧？这是我们听美幸小姐说的。"

"隐形……"

阳助感觉耳根顿时火辣辣地发热。隐形眼镜……

"妙子夫人被杀的时候是戴着隐形眼镜的。这样看来，她应该是准备外出吧？"

"……"

"是准备到什么地方去呢？"

刑警凝视着阳助。阳助移开视线，两手紧紧抓住膝盖，掌心逐渐渗出汗水。

"或许夫人并没有改变主意，还是准备到中野那里去吧？"

"不，不可能。她在最后关头恢复了理智，打电话拒绝了那个男人。"

"那通电话呀……"田宫抓了抓下巴，含糊地说，"我们去夫人打过电话的那家'RUNE'咖啡馆问过，那里的店员还记得中野和他接的那个电话。当然电话内容是不可能知道的，但却记得中野接电话时候的情形。据那个店员回忆，中野当时并没有心慌意乱的样子，而且挂电话时还说'我马上过去'。他说的是……'马上过去'，你不觉得奇怪吗？ 如果夫人提出分手，他不可能是这种反应吧？"

"可是……我妻子给认识的太太也打过电话呀，她当时说……不想再见到中野了。"

"所以就更加不可思议了。这里面的矛盾让人越想越糊涂，只有一种解释可以说得通，那就是，打电话的并不是夫人。"

"怎么会……接电话的人都说了是我妻子的声音啊！"

"这个嘛，打电话时声音听起来会有点不一样，我以前也常被人错听成是我大哥，因为亲人之间，尤其是兄弟的声音很相像。说到兄弟，妙子夫人也有个妹妹大塚典子呢。"

"……"

"我们在想，该不会是她妹妹打的电话吧？"

"荒唐！她有什么必要这样做？"

"这正是我们下一步要调查的问题。我看，这次的案子恐怕得彻底推翻重来了。"

刑警站起身。"我们还会再来的，可能会打扰好几次。"

129

刑警们离开后,阳助仍然呆呆地坐在沙发上,脑海里又想起妙子那浑身是血的模样。

"到底还是……瞒不过去吗?"

他喃喃地说出从昨天起就一直挥之不去的疑问。自从昨天那个侦探来过后,不知为何他就有了这种担忧。

昨天侦探出现在公司,是一对一身黑衣、身材高大的男女,阳助记得最近委托他们办过事,但那件事应该已经告一段落了。等他问过侦探的来意,才知道是女儿美幸找他们调查,所以他们过来和他商量。阳助心想,年幼的女儿真是乱来啊。

尽管如此,知道美幸对自己和享子的态度起了疑心,阳助的心情还是很沉重。他们之所以这样做,完全是为了不让那孩子受到太大的伤害。

"我们对你们的行动掌握得很清楚。"侦探说,平淡的语气里不带丝毫感情,"首先我们有一个很大的疑问,就是案发后你为什么不把中野修的事告诉警察?你应该知道他和你太太之间的关系,因为我们已经调查了你太太的外遇,并向你报告了结果。"

见阳助沉默不语,侦探继续说道:"你知道的还不止这些,那天太太计划离家出走的事你也知道,因为我们也向你报告过。甚至连他们准备几点在哪里的咖啡馆见面,你都一清二楚。但你并没有告诉警察,这究竟是为什么呢?"

"这是有原因的。"阳助回答,连他自己都觉得声音很忧郁,"有难以启齿的原因。"

"如果你不愿跟我们说,"说到这里,侦探顿住话头,望向阳助,像是在观察他的反应,"我们只能把知道的一切如实向你女儿报告了。"

"那我会很为难。"

"我们也很为难,因为我们不能无缘无故地向委托人说谎。"

阳助深深叹了一口气,看着侦探。侦探和女助手依然面无表情。

"你们已经有了大致的推测了吧?"阳助试探着说,"关于那天发生的事情。"

"我们是想象的,"侦探说,"还不清楚是否正确。"

阳助不禁低吟了一声,他太了解侦探俱乐部的实力了。

"那这样好吗?你先说说你的推理,我听后再决定自己的态度。"

侦探耸了耸肩,点点头。"我也觉得这个交易不太公平,不过就这样吧。"说完他喝了一口茶。

"那天夫人打算离家出走,除你之外,享子和典子也都知道,当然是你告诉她们的。你们三人决定设法阻止夫人出走。不管怎样先把她拦下来,等她头脑冷静了,再慢慢劝她——你们是这样想的吧?阻止的方法很简单,就是确保随时都有人在夫人身边。按照计划,从早上起享子一直在家,到了午后典子又来了,接着你也提早下班回家。是这样吧?"

阳助没作声。侦探的推理一点也不错。

"夫人想必很焦躁,因为妨碍她的人接二连三地出现。后来她意识到这一切并非偶然,而是你们联手阻止她。这样下去,她就无法和心爱的人在一起了。绝望的她冲动之下,就在自己的房间里自杀了。不用说,是用水果刀刺入胸口。"

好像是为了观察对方的反应,侦探说到这里又闭上了嘴。

"请接着说下去。"阳助说。

侦探点点头,又啜了一口茶。

"当你们赶到时,她已经死了。你们自然很悲伤,因为你们觉得她是被你们逼死的。但你们也憎恨导致这场悲剧的元凶中野修。于是你们把水果刀扔进垃圾桶,制造成他杀的假象,再设计让中野背上杀人的嫌疑。这个计划的第一步就是典子的电话。为了让别人知道妙子夫人和中野的特殊关系,她给古川昌子打了电话,然后又打电话到约定见面的咖啡馆,叫中野马上过来。第二步是你的电话。你看到中野来了以后,给邻居打电话,请她帮忙看看你家的情况,目的是让她看到中野。最后一步是由享子完成的,她把中野的名片交给了警察。"

"不是吗?"侦探最后问了一句。声音依旧毫无感情,但却充满了自信。

阳助叹了一口气。"基本是这样,"他说,"只有一点没说对。"
"哪一点?"

"我们并不完全是因为憎恨中野才伪装成妙子是他杀的,而是考虑到如果维持妙子自杀的原状,会给美幸带来很大的伤害。"

"你是说你女儿?"

"是的。那孩子非常崇拜她妈妈,如果她知道妈妈要抛弃自己,而且实现不了心愿就自杀,一定会受到很大的打击。所以我们就做成妈妈在最后时刻改变主意的样子,这样也许会减少一些她所受到的伤害。"

接着阳助向侦探低下头。"拜托,请不要告诉美幸实情,这是关系到她将来的问题啊。"

因为低着头，阳助看不到侦探的表情。但没过多久，就听到侦探说了一声："好吧。"

"到目前为止，我们还从来没有向委托人谎报过调查结果呢。这次也是不得已而为之。不过这样一来，你女儿就不用支付调查费了。"

"这当然是由我来付。"

"另外，你以后最好养成脱鞋后摆放整齐的习惯。那时大概是典子顺手帮你放好的吧，但就是这件事让你女儿起了疑心。"

阳助再次深深鞠躬。

那些侦探能够巧妙地瞒过美幸吗？

阳助来到阳台上，仰望着天空，思索这个问题。

也许总有一天，必须把真相说出来，阳助已经有了这种思想准备。只是那一天是明天，还是十年后，他无法预计。

但想到刚才警察的语气，那一天看来不会很远了。阳助决定，到了该说的时候就自己说出来。想到那时的情景，阳助挺直了身体。

这时，他听到了开门声，接着走廊上传来脚步声。几秒钟后，他看见了美幸。她右手拿着网球拍，脸上泛着红晕。

"我回来了。"她说。

阳助看着女儿，过了一会儿，他答道：

"啊，你回来啦。"

这是八月里一个晴朗的日子。

侦探的使用方式

探偵の使い方

1

两人到来时,芙美子刚从网球学校回到家。通过内线对讲机确定两人身份后,她才来到玄关开了门。

那是一对身穿黑衣的男女,个子都很高。男人长着张宛如雕刻而成的深邃脸孔,给人一种略显阴森的感觉。女人是个眼睛细长的美女,但也有股莫名的阴沉感。也许是她那披肩长发太黑了吧,芙美子想。

"我们是侦探俱乐部的人,很抱歉来晚了。"

男人用不带感情的声音说,女人也低头致歉。

"没关系,我也刚回来。请到里面谈吧。"

芙美子说着,伸手示意他们进屋。

"那就打扰了。"

两名侦探快步进了门。

"我听说过你们的口碑。"芙美子看着两人说,"准确、迅速,很有效率又严守秘密。介绍的朋友说你们是会员制，所以正符合我的要求。"

"过奖了。"

男侦探鞠了一躬，女人也跟着低下头。从他们的自我介绍来看，女人果然是侦探的助手。

"外界对你们评价很高，我也打算委托你们……但你们真的会保守秘密吗？"

"当然。"男人并没有刻意强调，"到目前为止从来没有发生过这类纠纷。"

"是吗……对不起。其实我很了解你们的信用，只是想得到一句保证。"

说着，芙美子轻轻地干咳了一声。

"您需要我们做什么呢？"

男人依旧用不带感情的声音问。芙美子稍微挺直后背，直视着侦探说道：

"我想请你们调查我先生的品行。"

"是这样啊。"

侦探的表情丝毫没有变化。

"您先生是阿部佐智男吧？在赤根工业任职。"

女助手立即说道。芙美子本来就是用佐智男的名字在侦探俱乐部注册会员，他们了解佐智男的情况也很正常。

正如刚才女助手所说，佐智男就职于赤根工业，这家公司在产业机械制造业界实力雄厚。芙美子也曾在相关企业工作过，十二年前两人相亲结婚。芙美子今年三十八岁，佐智男四十五岁，两人没有子女。

"是的。我想委托你们调查阿部佐智男的品行,不知道你们受理这类业务吗?"

听她这样问,侦探答道:"当然受理。不过,可否请您再多谈一些情况?我们不是单纯地记下对方的行动,如果知道夫人的目的,调查的结果会更令您满意。"

"说得也是。"芙美子又干咳了一声,"那我就直截了当地说吧,我想请你们调查我先生的异性关系。说白了,就是我希望查清他有没有外遇。"

"您有什么根据吗?"

侦探神色不变,也许从一开始就知道要调查外遇吧。

"嗯,是的。最近他常在假日一个人出去,衣着风格也有了微妙的变化,这在以前都是从来没有过的事情。"

"那么,是基于您女性的直觉?"

"不止如此。"

芙美子略为加重语气说道。这时,侦探不易察觉地挑起眉。

"他最近一到星期三回来就很晚。但以他现在的职位,按理说是不需要加班的……这也是以前从没有过的事情。还有一次他很晚才回来时,身上有香皂的味道。印象中那天也是星期三。"

"噢,星期三吗?"侦探点点头,记下笔记,"那么,夫人希望调查到什么程度呢?"

"这个嘛……"芙美子想了一下说,"先调查这一周我先生的行动吧,如果期间有什么发现,就和我联系。"

"好的。"

"啊,还有,"她好像突然想起什么,继续说道,"如果他和女人幽会,请务必拍下照片。"

"嗯,这是当然的。"

侦探重重地点了点头。

又商量了一些细节后,芙美子将他们送到玄关。

"最后还有一个请求,请小心行事,不要对我先生和同他在一起的女人穷追猛打。万一被他知道我雇侦探调查他,那麻烦就大了。只要不被他发现,总会有机会的。"

"您放心,这方面我们很有经验。"

"那就拜托你们了。我静候你们的好消息,虽然我也不知道什么是好消息。"

"那么,一周后再联系。"

说罢,两名侦探离开了阿部家。

这是星期一发生的事。

2

这周星期四的早晨,芙美子一个人在家时,侦探打来电话。她拿起话筒,听到侦探那不带感情的声音。

"昨天您先生是几点回家的?"侦探问。

芙美子稍微想了想,回答道:"昨晚九点左右。"

侦探一时陷入沉默。

"有什么问题吗?"她问。

"嗯。事实上昨天晚上，您先生离开公司后见了一个女人。"

"……"

"喂？"

"啊，是，我听着呢。我在想，他果然是……然后呢？"

"很遗憾，还没有确认那个女人的身份，不过先向您报告一下。"

"这样啊……拍到照片了吗？"

"拍到了。"

"那能给我送来吗？越快越好，今天下午怎么样？"

"好的。"

约定具体时间后，芙美子放下话筒，深深地叹了一口气。

按照约定的时间，侦探准时出现了。这次女助手没来，芙美子问起时，侦探回答："她去调查其他案子了。"

"也是调查外遇吗？"

侦探没有回答，只是表情有些扭曲。

在客厅面对面坐下后，侦探从公事包里拿出一份文件，上面还贴着照片。

"六点半从公司下班后，您先生乘坐出租车到了吉祥寺，在车站附近的书店看了一会儿周刊。不久一个女人过来了，两人说了几句话后，就一起去了情人旅馆。"

听到旅馆时，芙美子咽了口唾沫。"然后呢？"

"八点半两人出来了。您先生去了车站，应该是直接回家了。问题是那个女人，她在车站前搭上出租车向新宿开去，我们也紧跟在后面，可是她下了车进入地下通道后，就再也找不到了。总觉得她好像是故意要甩掉我们。"

"你是说被发现了吗？"芙美子皱起眉头。

"没有，那应该不可能，因为我们非常小心。或许是那个女人担心有人跟踪，幽会的时候总是这样行动吧。说不定她比您先生更害怕婚外情被发现。她戴着深色墨镜，还用围巾把嘴巴遮得严严实实，让人看不出她的长相。"

"就是说……那个女人是有夫之妇？"

"有可能。"

侦探淡淡地回答。

"如果看不清楚脸，即使看了照片也认不出是谁吧？"

说着，芙美子咬住下唇。

"要判断那个女人是谁恐怕很难，不过，这不是您先生外遇的证据吗？"

"说得也是……可以看一下照片吗？"

"请。"

侦探把贴着照片的文件放到芙美子面前。照片上是穿着米色大衣、身材瘦削的佐智男，还有一个正如侦探描述的那样，用围巾遮住嘴巴的女人。芙美子把照片拿在手上看了一会儿，突然"啊"地惊呼一声。

"怎么了？"侦探问道，"夫人认识她吗？"

芙美子慌忙摇了摇头。"不，我不认识……"

接着她把照片放回桌上，表情严肃地望着侦探。"我有个不情之请，这次的调查能不能就此结束？当然，我会按照当初的约定支付费用。"

侦探的眼睛微微睁大。

"夫人的意思是,您已经达到目的了?"

"嗯,算是吧。"

"既然这样,我们也没有意见。"说完侦探又补充了一句,"毕竟这也是工作。"

"请把照片和底片都交给我。另外,这件事你们会绝对保密吧?这非常重要。"

"当然会。"

侦探斩钉截铁地说道。

约定剩余照片和底片的交付时间后,芙美子将侦探送至玄关。锁上玄关的大门后,她依旧紧咬着下唇。

3

第二天是星期五。

在大营通商工作的真锅公一电话响了。这时他刚好不在办公桌旁,接电话的是他的部下,一个姓佐藤的年轻员工。

电话是一个女人打来的,说是姓阿部。很少有女人打电话找公一,感觉对方也不像酒店小姐。

佐藤伸手捂住话筒,一边四下寻找着公一。公一正朝座位走过来,宽阔的肩膀、结实的体格和不紧不慢的步伐都是他的特色。

"部长,您的电话。"

说着,佐藤把话筒递给他。

真锅公一是大营通商产业机械部部长。

"啊，是芙美子呀。"

公一对着话筒爽朗地说，一边把自己埋进椅子里。

"很久不见了，你先生好吗……什么……嗯，没关系。"

公一看看桌上的日程表，又看看墙上的时钟。"那这样吧，你三点钟来五号会客室，地点你问前台小姐就知道了。嗯……到时候再细谈吧。"

说完他挂断了电话。旁边的佐藤看在眼里，暗想莫非部长要在会客室约会？

这以后公一的电话又响了几次，但都是他自己接的。两点左右他离开了办公桌，将近四点时才回来。

看到回来后的公一，佐藤明显感觉他心情很糟。常年在他手下做事，这种事一眼就明白了。

部长的办公桌背靠窗户，这样可以看到所有部下的情况。公一坐下后，马上把椅子转向窗户，然后跷起二郎腿，久久地望着窗外的景色。其实窗外只有一排排高楼大厦。

见公一这样，佐藤不禁想起中午打来电话的那个姓阿部的女人。

4

一周后的星期六。

早上七点来钟，井野里子出门倒垃圾，正看到邻居阿部家的皇冠车从车库里开出来。开车的是这家的男主人阿部佐智男，目送他的是妻子芙美子。车开走后，芙美子发现里子正看着这边，于是轻声打了个招呼。

"你先生这是去哪儿呀？"里子问道。

"去伊豆打高尔夫。朋友约他去的，要到明天晚上才回来。"

"是吗，那太太你留下来看家？"

"是啊。我想上街去买点东西，好久没一个人出门了。"

"那也不错，总不能好事都让男人占了。"

听里子这样说，芙美子笑着点点头便转身回家了。里子注意到她笑得有些不自然。

伊豆下田的皇冠旅馆里。

前台笠井隆夫接到二一二房间打来的电话。那是个双人间，但办理住宿登记的是个四十多岁的男人。

"您好，这里是前台——"

话还没说完，就听一个女人在叫："不好了！快来人啊！"

尖叫声让笠井忍不住皱了皱眉，然后问道："出什么事了？"

女人的叫声又一次震得他耳膜发痛，但这回他顾不上皱眉了，女人的话令他脸色大变。

"不得了了！喝了啤酒后，他们……他们……我丈夫和阿部先生都倒下了！"

静冈县警的刑警们赶到现场，是在接到旅馆报案的十五分钟后。在前台服务生笠井和旅馆经理久保的指引下，刑警们来到案发现场二一二房间。

现场有两具尸体,一个男人倒在地板上,另一个男人躺在床上。躺在床上的男人枕着枕头,盖着毛毯,再加上脸朝着墙,乍一看就像睡着了。倒在地上的男人则残留着痛苦挣扎的表情。

桌上放着两个啤酒瓶和三个玻璃杯。啤酒瓶一瓶已经空了,另一瓶还剩一半。三个玻璃杯有一个几乎是空的,一个还有三分之一的啤酒,另外一个倒在桌上,里面的啤酒全洒了出来。

"有住宿卡吗?"

一个留着平头、肤色偏黑的刑警问笠井。笠井和久保大概不想看尸体,都站在走廊上没进屋。

"有,在这里……"

笠井从口袋里拿出两张住宿卡,交给刑警。

"唔,阿部佐智男……在赤根工业工作啊,那应该是从东京来的吧。你知道哪一位是阿部吗?"

"知道,那个躺在床上的是阿部,这个房间就是他登记入住的。"

"那另一个人呢?"

"这个人我没见过,但听说是真锅女士的丈夫。"

"真锅?噢……"

刑警看着另一张住宿卡点点头。

"真锅秋子,同住者公一——嗯,妻子的名字登记在前面,有点奇怪。"

"啊……"笠井侧头思索道,"实际上登记时只有真锅太太一个人,她说丈夫随后就到。"

"照这位太太的说法,倒在地上的就是真锅公一了?"

"是的。"

笠井缩起脖子似的点了点头。

"他们正喝着啤酒，突然就痛苦倒地了？"

"是的。"

藤井答道。经理久保依旧一脸苍白地站在一旁。

"这两瓶啤酒是房间冰箱里的吗？"刑警看着久保问。

"看样子是。"久保用有些颤抖的声音回答。

"是什么时候补充进来的？"

"应该是今天早晨。我去把经手的人叫过来吧？"

"那就麻烦你了。"

听刑警这么说，久保立刻快步走向电梯。目送他的背影消失后，刑警又将视线移到笠井身上。

"那位太太现在在哪儿？"

"噢……隔壁的房间现在空着，她就等在那里。"

说着，笠井指了一下二一三房间。

刑警点点头，向旁边的高个子年轻人使了个眼色，然后敲了敲那个房间的门。里面传来一个柔弱的声音，于是刑警推开门。房间里坐着一个三十来岁的女人，及肩的头发略带茶色，化着浓妆，微微上挑的眼睛乍一看很坚强，但布满了血丝，明显流露出不安。

刑警先自我介绍姓小村，然后问她："你是真锅秋子吧？"女人默默点了点头。

见秋子坐在椅子上，小村也在对面坐下。年轻刑警依旧站在一旁。

"这次是来旅行的吗？"小村问。

147

"是。"真锅秋子小声回答。

"听前台服务生说,你们不是住在隔壁的二一二房间?"

"嗯。我们住在……三一四房间。"

"好像是这样。很抱歉这时候还要打扰你,能说说当时的情况吗?"

"可以。"她小声说。

"首先,二一二房间的那个男人是和你们夫妻一起来这里的吗?"

秋子拿出手帕擦了擦眼角。"要说明这个问题,必须先讲几句以前的事情。"她用嘶哑的嗓音说。

"那就请说吧。"

小村交叠起双腿,摆出要仔细倾听的姿态。年轻刑警站在一旁,拿出记事本准备记录。

"其实这次旅行是我先生提议的,他说,偶尔去伊豆放松一下也不错。"

"那是什么时候的事?"

"一周以前。以前他从来没这么说过,我当时还有点惊讶。"

听到这里,小村忽然想起一件毫不相干的事:自己已经很多年没和家人一起度假了。

"那么,旅行的准备工作都是由你先生安排的吗?"

"不是,这里的旅馆是我预订的。不过,是我先生提出这家旅馆不错。其他也没有什么要准备的,因为我们是自驾游。"

"为什么你先生会说这家旅馆不错呢?"

小村这么一问,秋子摇摇头。

"我也不是很清楚，他只说以前在这里住过，印象很好。"

"原来如此。"小村点了点头，伸手示意她继续说下去。

秋子闭上薄薄的眼睑，做了个深呼吸让自己冷静下来。

"于是今天早上我们从家里出发，开车过来的路上，我先生告诉我，这次旅行阿部他们家也参加。"

"你说的阿部，就是死在床上的那个男人吧？阿部他们家是指……"

"我先生说，阿部他们家也是夫妻俩一起过来。"

"夫妻俩？那阿部太太也来这里了？"

根据前台服务生的证词，阿部佐智男是一个人过来的。

"应该是这样……"

秋子手托着右颊，歪着头说。

"能不能谈谈阿部和你们的关系？"

小村换了个提问的方向。秋子略为挺直后背。"阿部的太太芙美子是我上短期大学时认识的好朋友，"她说，"我们的交往已经将近二十年了，其间我们都结了婚，两个家庭关系很密切。"

"除此之外还有其他关系吗？比如同样的工作单位？"

秋子摇了摇头。"没有什么特别的了。我们的先生也很投缘，经常一起打高尔夫。"

"以前你们两家也像这次这样，一起出去旅行过吗？"

"嗯，差不多一年一两次。"

"现在回到刚才的话题，"小村抬眼看着她说，"阿部夫妻也一起去旅行，你先生是今天才在车上告诉你的吧？为什么他事先不提呢？"

"我先生——"秋子像是在思索什么，顿了一下才继续说道，"我先生说，阿部夫妻也一起过去，是他们昨天才突然决定的，所以没来得及跟我说。"

"噢？"这不合情理呀，小村在心里打上问号，"这样的事情会来不及说？有点奇怪啊。"

"我也很在意，但既然我先生都这么说了……"

秋子垂下头，揉搓着手帕。

"算了，这个问题先放一边。"刑警说，"阿部夫妻同行是昨天突然决定的，以前也发生过类似的事吗？"

"没有，从来没有过。"

"为什么这次会这样呢？"

"我先生觉得人多更热闹，于是昨天给阿部打了个电话，邀请他们一起旅行，听说对方一口就答应了。"

"是这样啊。"小村点了点头，心里却无法释然。真锅公一为什么在出发前一天才邀请阿部夫妻？又为什么出发前一直瞒着妻子？但这些疑问秋子一个也答不上来。

"好了，请继续说吧。就从你先生在车上告诉你，这次旅行阿部夫妻也一起过来开始。"

"好的……嗯，接着就来旅馆登记入住了。"

"等等。"小村伸手制止了秋子，他想起笠井的话。"办理住宿手续的是夫人吧。据前台服务生说，当时你先生并不在场。"

"是啊，快到旅馆的时候，他停车一个人下车了。说是附近有个朋友，约好在咖啡店见面。"

"朋友？"小村禁不住提高了声音，他觉得事情越来越离奇了。

"什么朋友？"

"不知道。"秋子干脆地回答，"我也问过他，他只说是个普通朋友。"

"那家咖啡店叫什么名字？"

"就在来这里的路上，名叫'OWAITO'。啊，对了，"秋子从旁边的手提包里取出一个火柴盒，放在小村面前，"就是这家店。"

小村拿起火柴盒端详，设计很简单，只是白底黑字印着店名"OWAITO"。背面印着地图，确实就在旅馆附近。

"这个怎么会在夫人手里？"小村拿着火柴盒问。

"在咖啡店前分手时，我先生给的。他让我办好入住手续后就给咖啡店打电话，告诉他房间号，他办完事就直接过来。"

"照这样说来，你先生在进咖啡店之前，手里已经有这个火柴盒了？"

秋子似乎一时没明白刑警这句话的含义，但还是连连点头。"嗯，是的，是这样的。大概他以前来过吧。"

"应该是。"小村反复看了几遍火柴盒，然后递给旁边的年轻刑警，又把视线转向秋子。"于是夫人就一个人来到旅馆，在前台办理了入住手续？"

"是的。住进房间后，我照他说的给咖啡店打了电话。"

"当时你先生怎么说？"

"他说事情已经办完了，现在就来旅馆。"

"这么快就办完了？"

小村留意着秋子的表情。但她的神色并没有什么变化，只回了一句："说得也是。"

"接着你先生很快就到了房间?"

"大约十分钟后就来了。"

"然后呢?"

"他问我阿部夫妻住在哪个房间。之前他就让我在前台问过,我告诉他是二一二房间后,他说要过去打个招呼就出去了。"

"他是一个人去的吗?"

"对。当时我也要去,但他说只去打个招呼就回来……"

小村交抱起双臂,又一次感到什么地方不对劲。

秋子继续说:"过了一会儿,房间里的电话响了。我拿起话筒一听,是我先生打来的,他说正在阿部的房间,要坐一会儿,让我也过去。我去了一看,我先生一个人在喝啤酒,阿部躺在床上,没看到芙美子。"

"请等一下。你过去的时候,阿部佐智男已经躺在床上了?"

秋子喉咙动了动,像是咽了口唾沫。

"是的。当时我还问了我先生,他说阿部好像有些累了,正在休息。我又问芙美子去哪儿了,他说去买东西了。"

"其他没有什么反常的迹象吗?"

"说不上来……总之就是觉得有什么地方不对劲。"

说着,她好像突然感到寒意似的搓着手。

"当时你先生已经在喝啤酒了?"

"是的,他还劝我也喝一杯。"

"然后拿出杯子给你倒上啤酒?"

"嗯。"秋子点点头。

"你喝了吗?"

"没有，因为……"她欲言又止地低下头，拿起放在膝盖上的手帕又擦了一下眼角，"我正要喝时，我先生突然叫起来，一脸痛苦的表情。我问他怎么了，可他别说回答了，根本就说不出话来……没多久他就筋疲力尽不动了。我简直不敢相信，他就这么死了……"

她把手帕展开，捂住眼睛。

"然后你就急忙跟前台联系？"

她用手帕掩着脸，点了点头。

"夫人，请你仔细想想，"小村抬头看着她低垂的脸，"在你先生出现痛苦表情之前，有没有什么不寻常的情况？或者你先生有没有什么不寻常的表现？"

秋子把手帕从脸上拿开。她双眼已经通红，连鼻子也红了，就这样歪头沉思着。

"不清楚，我想他只是在喝啤酒。"

"那杯啤酒是他自己倒的吗？"

"是的……"说到这里，秋子的眼神突然放空。

"怎么了？"小村问道。她目光恍惚地望向他。

"他往我杯子里倒的啤酒太多了……所以我就……就往他的杯子里倒了一些。那时他……正从冰箱里拿出下酒菜。"

小村心里吃了一惊，但另一方面，他也感觉案件的核心已经隐约可见了。

他抑制着兴奋的情绪问："喝了那杯啤酒后，你先生就出现了痛苦的表情吗？"

"嗯……那杯啤酒里掺了什么东西吗？"

"很有可能。"

秋子脸上顿时露出无法形容的复杂表情。也许是死里逃生的庆幸和先生代替自己而死的悲伤交织在一起吧。

"事情的经过我已经很清楚了。"小村欠身站起来,"应该会作为杀人案展开调查。我们会全力以赴,尽快查明真相。"

秋子深深鞠了一躬。

"拜托了。如果这是谁策划的谋杀,请务必把凶手逮捕归案。"

"一定。"

小村看着她说。但他脑子里却同时在想,这案子该从何处着手呢?

5

向秋子问完话,小村回到案发现场。

"氰化物的可能性很高。"刑警武藤在小村耳边悄声说道,"是混在啤酒里的,不过是下在酒瓶里还是涂在杯子上,现在还在调查。"

"找到装毒药的容器了吗?"

见小村这样问,武藤指了指床旁的废纸篓。

"废纸篓里扔了张揉成团的白纸,鉴定人员正在化验。"

"啤酒瓶和酒杯上的指纹呢?"

"酒杯上有三个人的指纹,啤酒瓶上只有真锅公一的指纹。"

"哦。"小村歪了一下嘴,点点头又问,"和阿部佐智男家联系了吗?"

"打过电话了,但是没人接。我待会儿再打打看。"

"阿部的行李呢?"

"在这里。"

武藤把墙角一个藏青色的旅行包拖过来。小村戴上手套,在包里翻了翻,里面有几件换洗的衣服、洗漱用品、一本袖珍书,还有文具盒。盒子里装着小巧的笔记本,但上面什么也没写。

"只有男人用的东西,太太果然没来啊。"

根据秋子的证词,真锅曾说阿部家也是夫妻一起过来的。

"前台的服务生说,没见到他妻子。"武藤说。小村微微点了点头。

"阿部佐智男是开车来的吧?"

"是辆白色皇冠,就停在后面的停车场。"说着,武藤伸手从衣袋里掏出车钥匙。

"好,我们去看看。"

听小村这样说,武藤点点头走出房间。小村跟在后面。

汽车停在停车场的最边上,可能是刚刚洗过,雪白的车身亮得晃眼。

"车里没什么重要的东西,只有车检证、保险证、驾驶证,都是车主的物品,还有几盒磁带和一张地图。"

"后备厢里呢?"

"装着高尔夫球具。"

武藤用车钥匙打开后备厢,里面果然装着茶色高尔夫球袋和同样颜色的鞋盒,此外就是汽车修理用具和轮胎防滑链、伞等。

"阿部佐智男确实是准备来打高尔夫的吧?"

想到附近有个高尔夫球场,小村喃喃道。

"不,恐怕不是这样。"

小村话音未落,武藤马上否定了他的意见。"我也查过真锅公一的车,他那边并没有打高尔夫的准备。也许阿部佐智男只是习惯把高尔夫球具放在车里吧?"

"这么说,真锅夫妻也是开车来的?"

小村心想,反正来了,干脆连真锅的车也一并看看。于是两人再度迈开脚步,真锅夫妻的奥迪车就停在几米开外的地方。

这辆车上的东西比阿部车上的还少,唯一引人注意的地方,就是找到了真锅秋子的驾照,但这也说明不了什么。

小村和武藤离开停车场后,没有回旅馆,而是沿着大街前行。他们是去真锅公一和朋友见面的咖啡店。

那家叫"OWAITO"的咖啡店在距离旅馆约一百米的地方,是栋以白色为基调的建筑,临街的一面镶着落地玻璃。店长是名三十来岁的男子,烫着一头细密的鬈发。

小村说明来意后,年轻的店长把当时的女服务员叫了过来。那是个身穿黑色迷你裙、长着一张娃娃脸的女孩。

女服务员起初像是忘了真锅,但提到中间有电话打来,她就想起来了。

"噢,是那个穿灰色夹克的大叔啊。这一说我有印象了,电话打过来的时候,记得是听到过真锅这个姓。"

"只来过一次电话吗?"

"是的。是个女人打来的,听声音像是个阿姨。"

应该是秋子吧。

"那个穿灰色夹克的大叔坐在什么位置？"

"那里。"

女服务员指的是角落里的一张桌子。那是张四人桌，现在坐着一对年轻情侣。

"他进来时是一个人吗？"

"是的。"她点点头。

"没有同伴来吗？"

"嗯……"女服务员掠了掠头发，露出怄气似的表情。她好像一想事情就会出现这种表情。

"我想是没来……"

"没来？一直是一个人？"

女服务员又掠了掠头发，神情渐渐不安起来。这时在旁静听的店长为她解了围：

"一直是一个人呀。"

他的语气很有自信。

"你确定吗？"小村看着他问。

"不会错的。他进来不过十分钟，电话就打了过来，接着马上就走了，哪还有时间和人见面啊。"

这么说真锅公一并没有和谁见面？是约好的人没来，还是原本就没有要见的人？

"真锅先生进来的时候，"武藤从旁插嘴问道，"有没有像找人的样子，比如四下张望什么的？"

原来如此，小村明白他的用意了。如果约了人见面，进来时应该会先寻找一下，看对方是不是先到了。

157

"是怎样的情形呢？"

店长看着女服务员问。

她不太确定地摇摇头。"这些细节不记得了……"

这也难怪，小村想。毕竟对他们来说，真锅只是每天无数客人中的一个而已。

小村又转向女服务员。

"那个人点了什么？"

"咖啡。"

"点餐的时候，还有你送咖啡过去的时候，有没有什么印象深刻的事情？比如特别关心时间之类的。"

但女服务员依然不太确定地摇摇头。"没发现什么特别的。"

"是吗，那就没办法了，谢谢你。"

小村又向年轻的店长道了谢，离开了咖啡店。

阿部佐智男的妻子芙美子赶到旅馆时，已经是当天夜里了。案发后三四个小时才联系上她。

在设立了专案组的当地警局里，小村会见了芙美子。她是个典型的日本美女，可以想象平时一定举止沉稳。说是平时，因为现在小村面前的她两眼通红，一脸不安。

"这次的案子确实很严重……"

小村刚说了一句，芙美子就激动地睁大眼睛，像是瞪着刑警似的说：

"凶手是秋子。刑警先生，为什么还不把秋子抓起来？"

6

近乎叫喊地说完后，芙美子便低下头，极力克制情绪。

一阵沉默过后，小村观察着她的表情，开口说道：

"夫人，请你保持冷静，认真考虑后再回答我的问题。"

芙美子似乎比她看上去还要心慌意乱。小村有意识地放慢了语调。

"你为什么认为秋子是凶手呢？"

芙美子动了动嘴唇，但没有出声，而是先咽了口唾沫。

"因为……只有秋子活下来了……凶手不是她还能是谁？"

小村目不转睛地盯着她的脸，她的头垂得更低了。直觉告诉小村，她隐瞒了什么，但现在不是刨根究底的时候。

"我们换个话题，这次旅行夫人为什么没参加呢？"

"那是因为……我先生说他和真锅一起去。"

"真锅？是指真锅夫妻吗？"

"不是，是真锅公一。我先生说真锅邀他去打高尔夫，今天早上从家里出发了。"

"请等一下。"小村伸出右手示意她暂停，"这么说这次的旅行，只有两家的男主人过来？"

"没错。所以现在知道秋子也一同来了，我也很纳闷呢。"

"据秋子夫人说，本来只是他们夫妻俩来旅行，昨天才匆忙邀请了你们一家。"

"根本不是这么回事。"芙美子抬起头,抗议似的猛烈摇头,"我先生出发时说过,是真锅邀他去打球的。邀请的时间是一周前,真的。"

小村又看了看她的脸,很难判断她说的是真话还是在撒谎。但如果是撒谎,这对她又有什么好处呢?

小村想起佐智男的车里放着高尔夫球袋,他确实是准备来打高尔夫的。而真锅公一车上却什么都没有。

"我知道了。不过真锅公一对太太秋子却不是这样说的,一直都说是他们夫妇一道去旅行。"

芙美子听到一半就开始摇头。"不可能。"

小村点了点头。但这并不代表他认同芙美子的看法,正相反,他觉得不可思议的地方愈来愈多了,而且都是破案的关键。他的脑海里不禁闪过一个念头:或许案子会比预想中更迅速地解决。

"我们回到刚才的话题。"小村看着芙美子的眼睛说,"你得知出事时,马上就认定凶手是秋子夫人吗?"

"嗯,那是……"她又咽了口唾沫,"那是我的直觉。"

"现在还是这样认为吗?"

"毕竟,"芙美子的声音高了几许,紧接着又转低,"毕竟,只有秋子活下来了呀!"她依然坚持己见。

"如果案件的真相确实如你所说,你认为动机是什么呢?换句话说,为什么秋子夫人非杀死那两个男人不可?"

"这个嘛……嗯……"芙美子的视线变得游移不定。果然有隐情啊,小村心想。

"听说你和秋子夫人从大学时代起就是好朋友?"

"是啊……"

"这就很令人费解了。会怀疑自己的好朋友,一定是有某种理由吧。"

这回芙美子紧紧地闭上了眼睛,仿佛在犹豫着什么。小村决定耐心等她开口,没想到她很快就睁开了眼睛。

"我先生……有外遇。"

好像换了个人似的,芙美子口齿清晰地说。

"什么?"小村又问了一遍。

"我先生有外遇。"她重复道,"而且对方就是……那个秋子。所以我们已经不是朋友了。"

小村瞬间屏住了呼吸,然后慢慢吐出气来。原来是这样啊,他想。现在他可以理解芙美子一口咬定秋子是凶手的心态了。

"你是说,阿部佐智男和真锅秋子有婚外情?"

为慎重起见,小村再次问道。芙美子紧抿着嘴唇点了点头。

"你先生他们知道你已经发现了吗?"

"没有,我想应该还不知道。"

"你认为他们的婚外情和这次的案子有关系吗?"

"秋子她……"说着,她做了个深呼吸,"一定是因为出轨的事被公一知道了,于是就把他杀了。之所以把我先生也一起杀了,也许是为了彻底给过去画上句号吧。"

"因为被公一知道了?公一知道秋子夫人有外遇吗?"

"知道。"芙美子答道,"是我告诉他的。"

"哦?"小村不禁重新审视起眼前这位太太。知道了丈夫有外遇后,她的第一反应居然不是找丈夫算账,而是通知那个女人的丈夫。

"夫人是怎么知道外遇的事的？"

"我觉得我先生最近有些反常，就请侦探……不，侦探事务所调查他的行动。"

"什么侦探事务所？"

"那是……"芙美子含糊起来。

"我们需要确认。"小村说，"不是不相信你，而是必须把所有问题都核实清楚，才能得出结论。"

她这才小声说："是侦探俱乐部。"

"侦探俱乐部？哦，是这样啊，你是找他们调查？"

小村也听说过这家俱乐部，那些侦探专门为有钱的会员提供服务。但阿部夫妻并不是那种富豪，可能现在会员逐渐平民化了吧。

"那么你手里应该握有他们幽会的照片吧？"

"没有，我全部给了真锅先生。"

"给了真锅公一？这是什么时候的事？"

"上个星期五。我去真锅的公司告诉他外遇的事情时，是带着照片去的。当时他说他自有办法，就把照片全拿走了。"

自有办法？

"在你告诉他之前，真锅不知道这件事吗？"

"是的，不知道。"

"当时他很生气吧？"

"这个倒……不过他一向不轻易表露感情。"

小村抱起胳膊低声沉吟。知道妻子出轨的公一究竟想要做什么呢？从秋子所说的情况来看，他并没有向妻子逼问事情经过。

"从知道你先生有外遇到现在,夫人你都有什么动作?"

"没有,我想先交给真锅先生处理好了。"

"在这种情况下他邀请你先生去打高尔夫,你没想过会发生什么事情吗?"

"想了。"芙美子不假思索地说,"我想可能是趁打球时没有其他人在的机会,追问他和秋子外遇的事情吧。"

这种解释也算合理,小村佩服地想。果然每个人都有每个人的想法。

之后,小村又问阿部佐智男最近有没有什么反常的表现,芙美子回答说,他好像没发现外遇的事已经败露,所以跟平时没有什么两样。

7

结束对芙美子的问话后,小村和武藤两人再次去了案发的旅馆。真锅秋子今晚就住在这里。

"案件的轮廓已经渐渐清晰了。"坐在大堂的椅子上等候秋子时,小村对武藤说,"现在知道秋子和阿部佐智男有婚外情,很多事情就解释得通了。凶手十有八九是真锅公一。"

"他是要杀掉秋子和佐智男吗?"

"应该是这样。"

看来当初的直觉没错,案子破起来意想不到地简单。小村坐在沙发上,放松地伸直双腿。

然而事情的进展并没有那么顺利。

"说我和佐智男有婚外情？简直荒唐。"

当他提起芙美子所说的情况时，秋子柳眉倒竖，一口否认。小村他们虽然预料到她多少总会装糊涂，对她的反应还是始料未及。

"可是芙美子说得很肯定，她说她委托侦探调查了佐智男的行踪，而且拍到了你们走进情人旅馆的照片。"

"一定是什么地方搞错了。"

可能是情绪冲动的缘故，秋子咄咄逼人的语气和白天时判若两人。"芙美子也真是的，如果是那样，直接来找我不就行了。"

"说是搞错了，但事实上的确拍到了照片啊。"

"不可能。那张照片是什么时候拍的？"

"上周三。"

佐智男习惯在星期三和情人幽会，这一点小村也是从芙美子那里了解到的。

"上周三？让我想想。"

秋子皱起眉头。小村感觉她是在认真回忆那天的事情。

过了片刻，秋子重新望向刑警，她的腰杆似乎挺直了一些。

"我想起来了。那天我去参加高中的同学会，晚上一直和大家在一起。"

"哦，同学会？真的吗？"

"当然是真的。"

秋子用锐利的眼神瞪着他，仿佛在说问得真没礼貌。小村和武藤对视了一眼，到底谁说的是实话呢？

"明白了，我们会确认的。"

接着，小村问秋子那天同学会上和她在一起的有哪些人，并把他们的姓名和联系方式记了下来。秋子依然一副不高兴的样子。

"不管怎样，芙美子的确告诉过真锅你和佐智男有婚外情，所以，我想你先生应该会流露出一些反常的表现吧。"

小村合上记事本问道。

"我先生有什么误会我不知道，但直到这次旅行前，他看上去跟平常没什么两样。"

"是吗？"小村又看了眼武藤，两人不约而同地叹了一口气。

不知为何，刑警们心头掠过一种不祥的预感。

8

案发两天后，小村和武藤去了东京。他们首先找到一位在同学会上和秋子见过面的女子。她叫山本雅子，经营一家美容院。

"嗯，那天我和秋子一直在一起。从傍晚六点左右集合，一直热闹到十点。我和秋子以前就很能喝酒，那天也是喝到最后，我们一直在一起呢。话说回来，她出什么事了吗？"

为了慎重起见，两人又打电话向参加同学会的其他几名女士确认，但每个人都证明秋子确实在场。也就是说，和佐智男一道去情人旅馆的女人并不是秋子。

接着，刑警们约侦探俱乐部的人在阿部芙美子家附近的咖啡店见面。他们请芙美子出面联系侦探，但见面时芙美子没有参加。

离约定的时间还差一分钟时,侦探们出现了。那是对身穿黑衣的男女,与普通人气质迥异,一眼就能认出来。

小村向侦探们说明了来意,并强调了协助调查的必要性。侦探们也表示只要委托人同意,他们可以协助警方调查。

"上上个星期一,阿部芙美子委托你们调查她丈夫的行为,是这样吧?"

"没错。"男侦探回答,低沉的声音没有一丝起伏。

"调查结果呢?"

"在星期三发现了情况。"侦探说明了那个星期三佐智男的行动,和芙美子的话基本一致。

"没有照片吗?"

"是的,她说包括底片全部都要,所以都交给她了。"

"哦。"小村点点头,然后从衣袋里拿出几张照片,其中一张拍的是秋子,其他都是无关女子。

"佐智男的外遇对象就在这里面吗?"

侦探和女助手一同仔细地看那些照片,期间两人的表情有些微妙,对此小村理解为他们可能没有找到熟悉的面孔。

"那个女人的长相我们没有看清楚,但要说相似的话,是这个人。"说着,侦探拿起秋子的照片。

"明白了。"小村满意地把照片收进衣袋。看来芙美子没有撒谎。

"她就是当时那个女人吗?"侦探问。鉴于他们帮了忙,对他们的问题小村也不能不回答。

"不,应该不是她。芙美子夫人好像是认错人了。所以我们请你们来看一看,是不是相似到会认错的程度。"

"噢，是这样啊。"

"确实很像。这个女人名叫真锅秋子，连她的丈夫都错以为照片上的是自己的妻子。"

"那张照片给真锅秋子的丈夫看了吗？"

"是啊，芙美子夫人当时恐怕气得不轻。"

接着小村告诉侦探，芙美子去真锅的公司找过他。

"听说当时把所有的照片都给了真锅公一，后来真锅把照片处理掉了。"

"为什么要处理掉呢？"

"不清楚，可能有某种考虑吧。"

小村看了看手表，站起身来。他们还有一个地方要去。

小村他们随后走访的，是真锅公一任职的公司大营通商。在公司的会客室里，真锅的部下、一名姓佐藤的年轻员工接待了他们。佐藤还记得阿部芙美子来公司的事情。

"先是打来了电话，约定见面的时间。当时她确实说她姓阿部。"

"见过面后，真锅先生应该回办公室了吧，那时他的表现怎样？"

"他的心情很糟。"佐藤稍稍压低声音，"一直不说话，我想多半是那个姓阿部的女人带来了不好的消息。"

他的预感不幸言中了。不过这一点小村并不打算告诉他。

"你没见过那位阿部女士吧？"

"嗯，毕竟那是部长的私事。不过她从会客室出来时，碰巧有人看到了，要把他们叫来吗？"

"好啊，还是确认一下吧。"

"请稍等。"说完佐藤便出去了，隔了五分钟，他带着一男一女两个年轻人回来。两人作了自我介绍，男的姓松本，女的姓铃木。

"松本看到那个女人从会客室出来，铃木是送茶时看到的。"

"这样啊，是这个女人吗？"小村把芙美子的照片递给铃木。

她只看了一眼就点点头。"没错，就是她。"

接着又把照片给松本看，但他马上摇头。

"不对，不是这个女人。"

"不是？你确定吗？请再仔细看看。"

小村这么一说，松本又端详起照片，但最后还是不耐烦地说："确实不是。那个女人比她更年轻，戴着眼镜，是个一等一的美女，打扮也很出众，所以我印象挺深的。"

"是吗……"

这是怎么回事呢？小村心想。难道真锅那天除了阿部芙美子，还见了别的女人？

"刑警先生，"佐藤客气地开口道，"既然铃木说就是照片上的这个女人，那就没有疑问了吧？至于松本见到的，我想是另一个女人。"

"看来是这样。"小村收起照片，但心里还是很在意。他又看着松本问："那个年轻女子也是来见真锅先生的吗？"

"是的。"

"那是几点钟？"

"快到三点的时候。当时我去自动售货机买咖啡，正好看到她从会客室出来。"

"啊，要照这么说，"佐藤插嘴道，"部长是在见了这个女人之后，才和姓阿部的女人见面的。我记得部长在电话里让她三点钟来会客室。"

"哦，这就解释得通了。"

小村认同地点点头。但他依然记挂着那个年轻女子。

谢过佐藤他们后，小村和武藤离开了大营通商。至此他们基本把案件的真相推理出来了。

9

阿部佐智男葬礼结束的第二天，芙美子正在家享受着久违的清闲，负责侦办案件的刑警小村来了。芙美子请他里面坐，但他说不进去了，于是就在玄关坐下。

"那个，案子现在怎么样了？"芙美子诚惶诚恐地问道。

"我正是为此事而来。"小村的眼神飘向远方，看表情似乎正在斟酌用词。"真相已经调查清楚了。"他说。

芙美子跪坐在地板上，闻言顿时挺直了后背。

"凶手看来是真锅公一。"

"什么？"她失声惊呼。

"真锅是凶手。他认定阿部佐智男和自己的妻子有不正当关系，准备杀死两人，再伪装成殉情自杀的样子。"

"怎么会……"

"这样考虑，一切都合情合理了。"

按照小村所说，事情经过大致如下：

公一从芙美子那里得知妻子不忠后，对两人十分痛恨，最后想到要杀死他们。要达到这个目的，最简单的办法莫过于伪装成殉情自杀。于是公一决定把两人约到伊豆的旅馆，在那里置他们于死地。

他先邀请佐智男去打高尔夫。两人以前就经常一起去打球，所以不会招致怀疑。接着他把旅馆的名字告诉佐智男，请他以自己的名义预订房间，同时约定当天在旅馆见面。

随后他又邀请秋子一起旅行，并且同样指定了住宿的旅馆，让秋子以自己的名义预订房间。这样一来，就成功制造出佐智男和秋子分别预订房间的状况。

当天公一的行动已经很清楚了。他让秋子去办入住手续，自己先在附近的咖啡店待了一会儿，以便避开旅馆服务生的目光，悄悄进入房间。

到了旅馆后，他先一个人到阿部的房间去，在啤酒里下毒将他杀死。把阿部搬到床上后，他又打电话叫来秋子，准备用同样的办法杀了她。事后他只要把两人的尸体放到一起，就可以神不知鬼不觉地脱身了。

但就在他要杀秋子的时候，意想不到的失误发生了。秋子把自己杯里的啤酒倒进了他的杯子里，结果毫不知情的公一反而毒死了自己。

"我们化验了两个啤酒瓶和三个酒杯，从其中一个啤酒瓶里检出了氰化钾。三个酒杯里都有混着氰化钾的啤酒，但那个疑似公一用过的杯子，氰化钾的浓度比另外两个要低。大概最初杯子里并没有下毒，后来秋子夫人把自己杯里的啤酒倒进去一些，才导致这个结果吧。"

"那，氰化钾是从哪儿来的呢？"

"公一的弟弟经营金属加工厂，会用到氰化钾，所以弄点出来很容易。"说完刑警又补了一句，"没想到工厂的管理这么混乱。"

"这么说来，还是怪我当时太冲动了呀。"芙美子低着头，语气沉重地说。如果刑警说的是真的，她贸然把秋子有外遇的事告诉公一，无疑成了这个案子的导火索。

"结果就是这样，不过你也不用太自责，毕竟照片上的那个女人，连公一都误以为是自己的妻子。遗憾的是，到现在也没找到那张照片。"刑警又说，以后如果还有什么事情会再联系她，然后就起身告辞了。

芙美子把他送出大门，久久地望着他离去的背影。

10

两天后的晚上，芙美子去了秋子家。只有她们两个人一起喝酒。

"都怪我说错了话，才引起这么大的麻烦，真的很抱歉。"芙美子举着酒杯说。

"行了，别内疚了。谁叫我家那口子不好好看清楚呢，还连累你先生也死了。"秋子回答。两人互相看了一会儿，终于忍不住笑出声来。

"啊，真好笑。我再也不想演这种戏了。"芙美子笑着说，险些被酒呛到。

"我也不想，不过可真刺激。"

"这可不是什么刺激的事，着实让人提心吊胆呢。"

说着，芙美子不禁回想起这些天来发生的事情。

这个案子的起因是秋子来找她商量，说自己外遇的事似乎被公一发现了。当然对方并不是佐智男，而是她以前上班时交往过的男人。

秋子的烦恼是，公一很可能以她有外遇为由逼她离婚。其实秋子和那个人只是玩玩而已，根本没打算离婚。如果在这种情况下离婚，秋子就什么都捞不到了。

"倒不如他死了算了。"

虽然是赌气的话，她却好像打心底这么想。

"我也希望他死呢。"

芙美子说的是佐智男。已经一把年纪了，收入却没涨多少，根本无法让她过上向往的优裕生活。于是她瞒着丈夫买了股票，没想到股价暴跌，虽然佐智男暂时还没发现，但银行的存款几乎都花光了，还欠下了外债。每次思索补救的办法时，她总是忍不住想，要是佐智男出个事故什么的就好了，因为佐智男投保了巨额的人寿保险。而且她感觉佐智男毫无男性魅力可言。可能是年龄相差太大的缘故，两人在一起时，她总觉得透不过气来。再加上没有小孩，她愈来愈觉得还不如恢复单身，享受女人最美好的年华。

最初她们还只是半开玩笑地说，渐渐地却认真起来，当真商量起杀死彼此丈夫的事情来了。

两人最后想到的办法是，设法制造出公一杀了佐智男又错把自己杀死的假象，这样就算警察深入调查，她们也可以置身事外。

首先芙美子向佐智男提议夫妻俩去伊豆旅行。佐智男同意后，就让他打电话预订旅馆。

随后秋子说服公一和芙美子他们一起旅行，并由秋子预订了旅馆。

等到出发的两天前，芙美子再把真锅夫妻也一道去的消息告诉佐智男。

出发的当天早晨，芙美子借口娘家有急事，让佐智男先过去。佐智男不想和芙美子娘家打太多交道，于是依言一个人开车去了伊豆。而前一天晚上，芙美子已经悄悄把高尔夫球袋放进汽车的后备厢里。

送走佐智男后，芙美子立刻出门，租了辆车赶往伊豆。

另一方面，秋子在那家叫"OWAITO"的咖啡店前停下车，对公一说："芙美子他们说会在这家店里等我们，我先去旅馆办入住手续，你就在这里喝杯咖啡等一下吧。"

公一一脸纳闷地问为什么要在这家店碰头，但秋子随便找了个理由搪塞过去。

秋子和芙美子在旅馆前会合，接着秋子到前台办理了入住手续，两人便去了佐智男的房间。看到芙美子这么快就到了，佐智男有些惊讶，但也没有深究。

氰化钾是秋子事先准备好的，她从公一弟弟的工厂偷拿了一点。佐智男喝下含有氰化钾的啤酒后，一声没哼就死了。不可思议的是，芙美子和秋子完全不觉得害怕。

把佐智男移到床上后，芙美子离开旅馆回家。秋子打电话到"OWAITO"找公一，说芙美子他们已经到旅馆了，让他来二一二房间，即佐智男的房间。

没多久公一就来了。用啤酒毒死他后，秋子便给前台打电话，使出浑身解数演了场戏。

"整个计划中最妙不可言的部分，就是佐智男和秋子幽会的场景。"芙美子笑吟吟地说。这个妙计是她想出来的。

那个星期三的晚上，和佐智男进入情人旅馆的其实是芙美子自己。她在出租店租了顶和秋子发型相似的假发，戴上墨镜，在吉祥寺和佐智男见面。她跟佐智男说，即使是夫妻，偶尔去去情人旅馆这种地方也不错。佐智男很容易就上了钩，本来他也挺喜欢这调调儿。

芙美子去公一的公司，当然也不是去告诉他外遇的事情，只说正好来他公司附近，聊了会儿家常就回去了。

"也真走运啊。"秋子说，"那天公一情绪好像很不好，所以后来警察去调查时，还真以为是你对他说了我有外遇的缘故。"

"可见连老天也在保佑我们。"

"也许是因为我们平时人品很好吧。"

两人调侃着，不由得又笑了起来。

之后不久，侦探俱乐部的人就来了。

听到玄关的门铃响起，秋子便出去开了门。门外站着一男一女，秋子问他们有什么事时，侦探说："有东西要交给你。"

"什么东西？"

"这个。"

侦探递出照片。秋子接过一看，不禁瞪大了眼睛。照片拍的是自己和男人幽会的情景。

"这……这是怎么回事？"

"这是你先生委托我们调查的。"

说话的是那名女子，冷静的声音低沉而又响亮。

"我先生？"

"是的。真锅先生三周前委托我们调查夫人的品行。"

"是吗，我先生……不过很可惜，他已经死了，什么都来不及知道了。"

说完秋子就要撕掉照片，这时女侦探说：

"他已经知道了，所有的一切。"

秋子的手顿时停了下来。"你是说……他已经知道了？"

"知道了。"女子又重复了一遍，"他委托我们后不久，我就去真锅先生的公司报告了调查结果。那时他就看了这张照片。"

"那是什么时候的事？"

芙美子再也按捺不住，从旁插嘴问道。她的心怦怦直跳。

女子说："是在一个星期五。据警察说，后来你也去见了真锅先生。"

"啊……"

芙美子心乱如麻。要是侦探在自己之前和公一见了面，向他报告了秋子真正的外遇……

"如果把这件事告诉警察，事态就会一百八十度大转变吧。"

侦探的笑容令人不寒而栗。

"你们有什么目的？"

秋子瞪着对方问道，但侦探的表情丝毫不变。

"没有目的。相反，如果将真相公开，我们会受到很大的损失。被罪犯巧妙地利用，扮演了小丑的角色，这会严重影响我们的形象。但正因如此，决不能容许你们继续利用下去。我们宁可付出巨大的代价，也要揭露你们的阴谋。"

"但是你们没有证据。"芙美子说，"你们要怎么证明呢？"

侦探用怜悯的目光看着她，缓缓摇了摇头。

"你们什么都不了解啊。我们只要认真去查，几乎没有查不出的事情。比如你是怎么去伊豆的，依我们的推测，应该是租车吧？"

"……"

"这只是一个例子。如果有必要，我们甚至可以制造出证据。"

"这种事……没那么容易办到。"

"那又怎样？只要伪装得巧妙，就可以轻松地瞒天过海。这次你们不就已经证明了吗？"

"等一下！"秋子哀求地望着两位侦探，"你们是为了钱吗？我们可以想法子呀！"

但侦探摇了摇头。

"这次的事情我们自己也有责任。侦探俱乐部的会员门槛降得太低了，才会被卷入这种事情。"

侦探转过身去，女助手也随之转身。

"再见。"

说完，两人便消失在黑暗中。

蔷薇与刀

薔薇とナイフ

1

书房里传出咚咚的响声。

这是用食指敲击黑檀木书桌的声音。

敲书桌的人名叫大原泰三,他一边敲一边瞪着前方。被他狠狠瞪着的,是坐在书桌前椅子上、整个人缩成一团的由理子——他的女儿。

由理子的旁边站着一个男人,身穿深灰色西装,戴着黑色金边眼镜,身材颀长,相貌也很端正。看上去他并不畏惧泰三的目光,只是习惯性地垂下视线。

泰三停下手指,目光从女儿缓缓移向那个男人。

"你说吧,叶山。"

声音粗重却洪亮,也许是平时坚持锻炼的缘故。

名为叶山的男人缓缓抬起头,和泰三视线交会后,用中指把眼镜往上推了推。

"我只能告诉您结论。"他瞥了一眼旁边的由理子,又把目光投向泰三,"事实正如您担心的那样。"

泰三脸上的肌肉抽动了一下,又瞪了一眼女儿。他的反应仅此而已。

"不会错吧?"

"不会错的。"叶山似乎刻意面无表情,声音也平板得没有一丝起伏。接着,他又用平淡的声音补了一句:"大小姐确实是怀孕了。"

泰三的胸膛急剧起伏着,他知道自己正在大口喘气。

"几个月了?"他问。

"两个月。"叶山回答。

泰三发出短促的低吟,然后从桌上的烟盒里取出一根烟,点上火后,噗地朝斜上方吐了口烟。

"谁的孩子?"

"啊?"叶山愕然问道。

"没问你!"泰三厉声说,"我在问你呢,由理子!"

被点到名字的由理子陡然挺直了身体,但依然低着头。

"怎么回事?"泰三追问,"孩子的父亲是谁?回答我!"

但由理子依然沉默不语。看来她对这样的逼问早有心理准备,而且已经下定决心,绝不透露那人的名字。

"或许我回避一下比较好……"

叶山知趣地说道。泰三仿佛这才意识到有第三者在场。"啊,说得也是。那你先出去吧。"他用少有的慌乱语气吩咐。

叶山离开后,泰三继续盘问,但由理子就是不作声,连嘴唇也没动一下。泰三抽上几口烟就在烟灰缸里摁灭,接着又点上一根,就这样一根接一根抽个不停。

"是研究室的人吗？"

泰三好像突然想到了什么，脱口问道。从由理子的表情上看不出变化，但她放在膝盖上的双手却瞬间紧握了一下。这个细微的动作没有逃过泰三的眼睛。

"我说得没错吧？"

他提高了音量。从由理子的沉默中，他更确信了自己的推断。

"浑蛋！"他恨恨地说，"真是恩将仇报呀，竟然想把我的女儿弄到手……不行，绝对不行！"

泰三用力一拍桌子，站起身低头看着由理子。"你听好，把孩子打掉，我不能把你交给那种没用的家伙。告诉我那个人的名字，我要赶走他！"

听了这话，由理子第一次抬起头，充血发红的眼睛直视着泰三。

像是从牙缝里挤出来似的，她一字一顿地说：

"我不！"

"你说什么？"

"我说不！我不会说出那个人的名字，也不会打掉孩子！"

"由理子！"

泰三走到她面前，扬起右手，但她咬着下唇，抬头看着父亲。

"你要打就打吧，你不是从来都这样吗？可你要是以为这种手段一直都管用，那就大错特错了。"

父女俩互相瞪视了几秒，最终泰三移开了视线，右手也放了下来。由理子松了口气。

"你走吧。"泰三转过身说，"我明白了你的决心，但我也有我的想法。要找出那个人并不费事,我一定会把他找出来,让他再也没有机会在我面前出现,当然也不会在你面前出现!"

"你走吧。"泰三又说了一遍。

由理子挺直身体站起来,紧抿着嘴唇从身后的房门出去了。

2

大原泰三是和英大学的教授、该校理工学院院长。他与和英大学的创始人渊源很深,父亲也曾担任过和英大学的校长。如果一切顺利,下届校长选举时他将会参加竞选,很有可能在几乎没有什么竞争对手的情况下轻松当选。

作为院长,泰三必须统揽理工学院的全局,但他本人的专业是遗传工程学。年轻时他便已崭露头角,近年来更是取得了显著的成就。不管怎么说,一直缺乏划时代科研成果的和英大学,最近之所以重新焕发活力,也是基因工程研究声名在外的缘故。从这层意义上来说,泰三能拥有今天的地位,也不仅仅是仰仗父亲的权势。

尽管泰三很少直接指导研究,但在他的研究室,课题研究依然进行得热火朝天。他拥有多名助手,在学生中也是最受欢迎的教授。有时泰三还把这些人请到自己家里招待一番,为的是激励他们的士气,以便进一步提升自己的知名度。

从和英大学到大原家,坐电车只有一站的距离。不仅是大原家,与和英大学创始人有亲戚关系的人几乎都住在这一带。

一男一女造访大原家，是在泰三与由理子发生争吵的翌日。当时太阳已经西沉，院子里的树开始投下长长的影子。

用人吉江打开玄关大门，但两人并没有自我介绍。男人只用平板的声音问了一句：

"大原泰三先生在家吗？"

"对不起，请问您是哪位？"

吉江这么一问，男人回道："你只要说是俱乐部的人，他就知道了。"

男人身穿得体的黑色西装，身材高挑，看上去三十四五岁。他的脸看起来不像日本人，深陷的眼睛闪着不易察觉的光芒。

女人是个长发美女，细长的眼睛给人以冷冷的感觉，紧抿的嘴唇仿佛在显示坚强的意志。

在会客室里接待两人的泰三，第一眼便满意地点了点头。来客正是他想象中侦探的样子。

他请两人落座后，自己也在对面坐下。

"虽然是第一次委托你们，但外界对侦探俱乐部的评价我早有耳闻，信誉非常好。我也有朋友是你们的会员，他对你们的工作也都很满意。"

"您过奖了。"

男人低头道谢，旁边的女人也跟着低下头。

"我那朋友说，你们不仅工作令人满意，在保守秘密方面也做得很到位。这一点没说错吧？"

"没错。"

男人淡淡地答道。这种淡然的态度也很合泰三的口味。

"很好，那我们就进入正题吧。"

泰三倾身向前，放在桌上的双手轻轻交握。"我有两个女儿，直子是长女，由理子是次女。说句题外话，她们不是同一个母亲所生。"

"您再婚过吗？"

正在做记录的女人问，声音如同电视台主播般低沉而稳重。

泰三点了点头。

"直子的母亲在直子三岁时离开了家，并且带走了直子。她留下字条说，她不需要任何帮助，只想亲手把女儿抚养成人。字条旁边放着一份已经签好字的离婚协议书。我在一年后再婚，对方就是由理子的母亲。"

当时泰三刚刚晋升副教授，但在和英大学里已经很有地位。他选择的再婚对象的父亲有"万年副教授"之称，因为不属于任何派系，迟迟无法升为教授。那人希望通过与泰三结亲而获得支持，所以明知女儿已有男友，还是把她嫁给了泰三。泰三后来才知道，她的男友正是自己的同事菊井。

"再婚十年后，第二任妻子就病逝了，因为她的身体原本就不好。可是只隔了两年，又传来了前妻过世的消息。真是讽刺啊。我决定把直子接回来，这也是她母亲的遗愿。"

"原来如此。"穿黑色西装的男人说道。

"今天想委托你们调查的，是由理子的事情。"泰三交替看了看眼前的一男一女，"我家里有位姓叶山的主治医生，负责全家的健康检查。前不久他告诉我一件难以置信的事，就是由理子可能怀孕了。当时我怪他胡说，把他训斥了一顿，但心里却很在意，而且由理子的行动确实有些可疑。于是我让叶山把这件事查清楚，结果证实的确怀了孕。我追问由理子孩子的父亲是谁，但她坚决不说，连我也无可奈何。"

"也就是说，您希望我们找出由理子小姐的男友，是吧？"男人问。倾听泰三叙述的整个过程，他没有流露出丝毫感情。

"正是。"泰三眼神认真地回答，"而且要在极其隐秘的情况下进行……"

"您有由理子小姐的照片吗？"

"已经准备好了。"泰三打开放在一旁的公事包，里面不仅有由理子的照片，还有研究室所有成员的相关资料。

3

"侦探俱乐部？"

搂着由理子脖子的男人支起上半身，看着她的脸问。她躺着没动，点了点头。

"是吉江说的。不过她是偷听，有可能听错了也说不定。"

"都说什么了？"男人抚着由理子的头发问。

"她好像没听那么详细。吉江是因为两人没介绍姓名才去偷听的，只想知道他们是什么来头。"

"侦探俱乐部啊……"

男人重又躺在由理子身旁，深深地叹了口气。

"你知道那个地方吗？"由理子看着他的脸颊问道。

"那是专门为有钱人服务的侦探机构。"男人说,"他们实行会员制,只受理注册会员的委托。你爸爸想必也是会员吧。"

"是为了找出我肚子里孩子的父亲吗?"

"应该是吧,除此之外,我想不出有别的可能。"

"爸爸一心只想把我嫁到政商界家庭,却根本不顾及我个人的感受……以前他不是这样的,不管什么事都会替我着想……"

"这是因为你的少女时代已经结束了。"

"才不是!"由理子偏执的眼眸望向空中,"是他被抢走了!"

男人吸了口烟,吐出乳白色的烟雾。烟雾在由理子的视线中摇曳散去。

"要是你被发现了怎么办?"

男人沉默不语。要是被发现了还能怎么办?肯定会被赶走。

"我说……"由理子担心地呢喃道,把脸颊偎到男人胸前。男人抱住她的肩膀。

"不要紧。"他说,"哪怕是名侦探,毫无线索的情况下也查不出名堂。不过,眼下我们最好还是别见面了。"

男人关掉枕边的台灯。

4

泰三和侦探俱乐部的人见面后已过去了一周,他还没有接到调查报告。

这天晚上,很久没请客的泰三又在家里招待研究室的成员。

为了准备明天召开的学术会议，连日来研究室成员多方奔走搜集资料，所以他特意设宴慰劳。往年他也是这样，在学术会议召开前都会款待大家一番。当然，他心里还有个打算，要借此机会找出让由理子怀孕的男人。

在十二叠大的和室里，两张桌子摆放在一起，泰三的助手、研究生和本科生都已入座。今天宴请的研究室成员共八人，其中三人是泰三的助手。

由理子和吉江负责上菜，直子据说今晚要很晚才回来。

"对了，上野，你今晚不能喝酒。"

泰三将助手上野杯里的啤酒倒掉。上野长着一张娃娃脸，身材也是圆乎乎的。

"是啊，他今晚得住在那边的宾馆，彻夜练习明天的发言。"

说话的是坐在上野身旁的助手元木。他的脸色不太好，看起来总觉得营养不良，但他待人亲切，所以颇有人缘。

"彻夜倒不用，"上野苦笑道，"我已经练习得差不多了，今晚只要再检查一遍就行了。"

他将在明天的学术会议上发布研究成果。由于会场比较远，按照研究室的惯例，前一晚就近找一家宾馆住下。如果发言还准备得不够充分，就会在宾馆里一个人下苦功。

"你打算什么时候过去？"泰三问上野。

"十点左右。这样夜里一两点就能到宾馆。"

"你是开车去吧？路上要小心。"

"我会小心的。"上野低头致谢。

"要发布的资料都带上了吧？"

开口的是泰三身边一直默默喝啤酒的男人,他一边给泰三倒酒一边问。他也是泰三的助手,姓神崎,是个身材高大的青年,脸也相应地比别人大些。他依然穿着灰色工作服,因为他的公寓就在这附近。

神崎原先并不是泰三的助手,而是泰三同事菊井的助手。但数年前菊井意外身亡后,他就转到了泰三的研究室。

"你放心,都仔细确认后装进包里了。在到达宾馆之前我都不会再打开。"

"那就好。"

神崎将杯里的啤酒一口饮尽。

他们离开时已经快十点了,泰三和由理子将他们送到大门外。

"请大家一定要注意安全,我明天大概下午过去。"

泰三嘱咐过后,助手们谢过他的款待,各自踏上归途。

等到他们的身影完全消失,由理子看也没看泰三一眼,径直返回自己的房间。

侦探俱乐部给泰三打来电话,是在大约半小时后。他是在自己的书房接到的。

"一直没有消息,老实说我很担心呢。"

泰三一开口便这样说。他本想嘲讽对方一番,但侦探的声音依旧毫无波澜:"因为这一周我们在盘查主要的线索。"他似乎是在解释。

"那么,怎么样了?"泰三压抑不住急躁的情绪问,"查出孩子的父亲了吗?"

"还没有。"侦探的回答很简单。

"怎么回事？非常棘手吗？"

"不是棘手，而是完全没有动静。至少这一周里，令爱没有和对方接触过。"

"哦，那两个家伙也很警惕啊。不过他们应该坚持不了多久吧？"

"我们也这样认为。但听说最近研究室的人都在准备明天的学术会议，也可能是忙得没时间约会。所以等学术会议结束后，我们应该会发现某些迹象。"

"是这样啊，说得也有道理。"

泰三的语气很冷淡，内心却有几分满意。因为他并没有向侦探提过学术会议的事情，但他们却充分掌握了这一情况。

"我明白了，什么时候再联系？"

"要等学术会议结束，那就三天之后吧。"

"好，费心了。"

泰三挂上电话。

他在椅子上坐下，准备在临睡前看会儿书。这时敲门声响起。

用人吉江来送绿茶。这是每天的惯例。

"直子还没回来吗？"

啜了口冒着热气的茶，泰三问吉江。

"刚刚回来了，现在应该在她自己的房间里。"

"又喝醉了吧？"

直子只要晚回来，十有八九都喝了很多酒。

"嗯，有一点……"

吉江似乎很难回话，低下了头。

"真拿这孩子没办法。"泰三不满地咂了咂嘴。但他也只是咂嘴而已,不忍心当面责怪她。因为在他心里,始终觉得自己亏欠直子太多了。

接回直子那年,她才十七岁,还是个高中生,脸上稚气未消。搬过来时她那少得可怜的行李、她穿的衣服,还有她那瘦弱的身体,无不说明这些年来母女俩生活的艰难。

直子的母亲离家出走的原因,简单来说就是夫妻感情不和。当时泰三全身心都扑在科研上,几乎无暇顾及家庭。他把家里的事全推给了妻子,觉得自己只要给足家用就算尽了义务。所以妻子带着女儿离家出走时,他竟然毫无心理准备。

离开大原家时直子只有三岁,十七岁时对父亲泰三已经完全不记得了。但她还是回到了泰三身边,因为这是母亲临终前的心愿。母亲还主动向泰三提出,希望他接回直子。可能她预感到自己将不久于人世,为直子的将来着想,这是最妥当的安排了。泰三对此没有任何异议。

然而直子却很难融入大原家。刚搬过来时,她总是把自己关在房间里,连饭也很少和泰三他们一起吃。由理子当时已经十二岁了,即使她到直子跟前,直子也只会不悦地皱起眉头。

高中毕业考入女子大学后,直子依然没什么变化。她经常出去,回来也都窝在自己房间里听音乐打发时间。她跟由理子多少还讲几句话,但几乎没主动和泰三说过话。

大学毕业后,直子就职于当地一家制药公司。偶尔会带朋友回来,性格似乎随和了不少,但还没有到把朋友介绍给泰三的程度。不过从她房间里传出的笑声来看,她在外面应该是相当开朗的。

等到这孩子遇到心仪的对象结婚了，或许性格就会有所改变吧。现在唯一能做的，就是耐心等到那一天……

泰三一直这样宽慰自己。

5

第二天早晨，还睡在床上的由理子突然听到一声尖叫。枕边闹钟显示的时间是七点，正是她平时起床的时间。因为嫌闹钟铃声刺耳，每天早晨都是由吉江来叫醒她。刚才那声尖叫好像就是吉江发出来的。

"怎么了？"

传来泰三慢条斯理的声音，接着房间前的走廊上响起脚步声。

"由、由理子小姐她……"

吉江叫道。听到这里，由理子急忙在睡衣外披了件长袍，冲出房间。几乎同一时间，她听到泰三也在叫自己的名字。

走廊上，吉江呆站在隔壁房间的门前。见由理子出现，她错愕地瞪大了双眼。

"不对，是直子！"

泰三在房间里大叫。

"怎么回事？"由理子从吉江身后朝室内张望。只看了一眼，她就用双手捂住脸，膝盖一软，瘫坐在走廊上。

"啊，小姐！"吉江慌忙扶住由理子。

房间里，直子倒在床上。

"这么说来,这个房间本来是由理子小姐的卧室?"

一个目光锐利的男子用圆珠笔指着由理子问。他是搜查一科的刑警,自我介绍说姓高间。结实的体格,再加上黝黑的皮肤,给人以精明强干的印象。

做笔录是在大原家的客厅进行的。除了由理子,还有泰三、吉江和叶山。叶山是吉江报警后打电话叫过来的。

面对刑警的询问,由理子僵硬地点了点头。"是的。"

"那么,你是在直子小姐的房间里休息的了?你们为什么要换房间呢?"

"昨天晚上姐姐回来时我正在洗澡,等我出来时她已经在我床上睡着了。"

"噢……以前也常有这样的事情吗?"

"不,很少有……我想是姐姐喝醉了吧。"

"这样啊。"高间点了点头,转向众人问道:"直子小姐经常喝醉酒回来吗?"

"有时会。"回答的依然是由理子,"昨天晚上说是公司有饭局。"

"是吗……她在哪家公司上班?"

"名仓药品。"泰三回答。高间点点头,向旁边的年轻刑警耳语了几句,后者向众人打了个招呼便出去了。

高间又将视线移向由理子。

"你住在那个房间的事,都有谁知道?"

由理子微微闭上眼睛想了一下。亲戚和朋友当然知道,另外经常出入大原家的人,比如研究室的人也都知道。

听由理子这样说，高间用圆珠笔敲着记事本。"也就是说，知道的人相当多？"

"凶手是知道这一情况的人吗？"

从打击中缓过神来的泰三问。刑警表情严肃地说：

"有可能。所以凶手要杀的不是直子小姐，而是由理子小姐。"

"为什么要杀由理子？"

沉默片刻后，泰三问道。声音就像是好不容易挤出来的一样。由理子面无表情地盯着空中。

"这一点我们目前还不知道，这也是接下来要调查的事。"

高间重新望向由理子。

"怎么样？你有这方面的线索吗？"

她慢慢地摇了摇头。看她的样子，与其说是想不到线索，不如说是现在根本无法思考。

"凶手会不会并不是要杀由理子小姐，而是单纯的谋财害命？"

一直默不作声的叶山开口了。当然，泰三严禁他说出由理子怀孕的事。

高间将猎犬般的目光投向医生。

"不能说绝对没可能，但这个假设有一个疑问，就是现场没有任何财物被盗。"

"可是房间里再暗，也不至于认错人吧……难道没有看清楚脸吗？"

"应该是没看清吧。由理子和直子身材相似，而且凶手也想不到昨晚她们会换房间。还有……你看过伤口了吗？"

"看过了。"叶山答道。警察来之前他已经先到了,尸检时他也在场。直子是背上遭到致命刺伤,现场没留下凶器。据刑事调查官①从伤口判断,凶器应该是类似登山刀的东西。

"直子小姐是后背受到刺伤,换句话说,遭到袭击的时候,她应该是脸朝下睡着的。那么,凶手没能看清楚脸就很好理解了。"

可能是接受了刑警的看法,叶山没再反驳。

"当然,"高间看着在场的众人说,"详情要等解剖结果出来才知道。目前可以判断的是,死亡推定时间约为昨夜一点到两点之间。这就是说,凶手也是在这个时间溜进来的。至于凶手侵入的途径……"

高间伸手指向泰三和由理子等人的身后。"我想应该是翻过那边的院墙,穿过后院到洗手间那里,从窗子翻进来后,再溜进由理子小姐的房间。洗手间的窗子平时很少上锁,两位小姐的房门也都没锁,所以对凶手来说并非难事。那么,昨天夜里一点到两点这段时间,你们有没有听到什么动静?我想,家里有生人进来,总会弄出点可疑的声音吧?"

刑警缓缓扫视着每一个人。由理子有些犹豫地说:"那个……"刑警的目光停在她脸上。

"记得我那时醒过一次,不过,是不是有什么声音我就不知道了。"

"那是几点钟?"

"当时我看了一下表,但光线很暗,看不清楚。大概是一点刚

---

① 又称检视官,负责检验死亡情况异常的尸体。职衔为警部或警视以上。

过吧。"

"这很有参考价值。"

刑警看上去很满意。

随后,刑警又将期待的目光投向吉江和泰三,但他们都回答说,因为休息的地方离姐妹俩的房间比较远,什么都没听见。

至此调查告一段落,众人纷纷起身。就在大家都准备往外走时,高间叫住了叶山,说是刚才一时疏忽,忘了问他一件很重要的事情。

"什么事?"叶山略显紧张地问,但刑警的语气却很轻松。

"能不能告诉我昨天夜里一点到两点这段时间,你在什么地方?"

叶山看着刑警的脸,尽量控制着情绪问:"你是在怀疑我吗?"

刑警摇摇头。"所有相关人员我都会询问一遍。为了查明案情,即使是可能派不上用场的信息,我们也必须大量搜集。请你不要介意,如实回答吧。"

叶山向泰三看了一眼,他的表情也仿佛在说,这的确是没办法的事。于是叶山点了点头,告诉刑警:"我当时在家里。"接着又补充了一句:"但是没有证人,因为我一个人住。"

叶山也住在这附近的公寓。他平时在和英大学的附属医院工作,有事才来大原家。

"也难怪,时间确实很晚了。"高间没再追问下去。

之后泰三打电话到学术会议的会场,通知说自己不能参加会议了。会务组的人问他缺席的原因,但他无论如何说不出口。

不久警方召开了新闻发布会,由辖区警局的局长简要介绍了案情。泰三也出席了发布会,并回答了记者的提问。

助手神崎是在将近九点时过来的。这时新闻发布会已经结束，刑警们正准备先回警局。他来接泰三去开会，这才知道老师家发生了命案。

坐在餐厅里的泰三已经筋疲力尽，这时神崎匆匆赶来。泰三抬头看着他，然后无力地摇了摇头。

"对不起，你是……"

见他来得匆忙，高间右手握着黑色记事本，走过来问道。

"我是老师的助手神崎。"他回答。

"今天过来有什么事？"

"我来接老师去开会。"

神崎向高间说明了自己和泰三的关系，以及今天要去出席学术会议的事。高间听后表现出认可的态度。

"你住在哪里？"

神崎说了自己的住处。可能是意识到那里离大原家很近，高间的目光顿时锐利了几分。

"冒昧问一句，昨天夜里一点到两点，你在什么地方？"

这回换神崎眼神警惕起来。"你是在调查不在场证明吗？"

刑警把手伸到面前摇了摇。

"不用想得太严重，这只是例行公事的问话，请你说一下吧。"

神崎双臂抱在胸前，微侧着头想了想。

"要是有谁大半夜的还有不在场证明，我倒真想见识见识。我那时在自己的公寓里呼呼大睡，当然只有我一个人。"

刑警缩了缩脖子，脸上露出一丝笑意。"每个人都这么说，我也有同感。"

接着，刑警对他配合调查表示感谢，随后便离开了。

刑警的身影消失后，泰三和由理子、叶山、神崎、吉江五个人围坐在餐桌前，沉默地喝着茶。泰三和由理子都没吃早饭，但谁也没提吃饭的事。

"不好意思，"泰三沉吟半晌后开口了，众人的视线霎时都集中到他身上，他继续说道，"能不能让我和由理子单独待一会儿？"

吉江最先站了起来，拿着水壶向厨房走去。叶山和神崎对视了一眼，也默默地起身。

餐厅里只剩下泰三和由理子两人。

泰三闭上双眼，像是在思索着什么。不久，他睁开眼睛，注视着由理子。

"你还是不想说出那个男人的名字吗？"

由理子木然望向父亲。看她的表情，似乎一时还不明白这句话的含义。

"你说什么呢，这个时候……"

"就因为是这个时候……就因为事情到了现在这个地步，我才非问清楚不可。"

泰三的声音里透着力度，仿佛已下定某种决心。

"到底有什么相干呢？"

"你听好，"他可能是在极力控制情绪，每一个字都像是从牙缝里挤出来，"凶手要杀的是你，可是就我知道的情况，我完全想不到谁有杀人动机。这就意味着，我不知道的那部分情况里，很可能就隐藏着破案的关键。你对我隐藏了很多秘密吧，其中最大的莫过于谁是你肚子里孩子的父亲。所以你一定要把他的名字告

197

诉我。"

"那个人和这桩案子没有任何关系。"

"你还在说这种话……"

泰三气得霍然起身。就在这时,旁边的电话突然急促地响起。泰三依旧站在原地瞪着女儿,好一会儿才慢慢地走去接电话。

打来电话的是侦探。泰三请他们稍等片刻,然后把电话切换到书房,自己随即离开餐厅。由理子始终低着头。

"我正想给你们打电话。"

回到书房接起电话后,泰三压低声音说。

"发生这样不幸的事情,我们很理解您现在的心情。"

侦探的声音依然没有丝毫感情,一副公事公办的语气。但奇怪的是,这声音却打动了泰三的心。

"你们已经知道了吗?"

话刚出口,他心下已经恍然。他们一直在监视由理子的行动,家里发生这么大的事情,他们不可能不知道。

侦探并没有回答他,而是问道:"现在该怎么办呢?"

"唔,我也正想找你们商量这个问题。现在如果你们有大动作的话,警察肯定会发现。我担心这样一来,由理子怀孕的事就会暴露。"

"不,我问的不是这个意思。"侦探的语气还是那么冷静,"既然凶手要杀的是由理子小姐,警察势必会调查令爱的异性关系。他们不需要像我们这样极其隐秘地行动,调查起来自然是果断而彻底。那么,查出令爱的交往对象就只是时间问题了。所以我的疑问是,在这种情况下,大原先生您是否还有必要让我们继续调查下去呢？"

泰三沉吟起来。他们说得没错，他也记得曾经在一本书上看过，如果被害者是年轻女子，警方通常会调查其异性关系。

"这确实是个问题……"

"那么，怎么办呢？"

"还有什么方法吗？"

沉默片刻后，侦探说道："我觉得通过警方的调查，您很有可能达到当初的目的。但如果凶手和令爱的交往对象并不是同一个人，而是潜藏在另一个完全不同的世界，警察也许很快就会把他从那里揪出来。所以在这次的案件解决之前，我们最好先中止调查，要是案情真相大白后，由里子小姐的交往对象依然没有浮出水面，我们再重新展开调查。您意下如何？"

侦探的提议听来很妥当，但是凶手有可能根本不是女儿的交往对象，而是潜藏在另一个完全不同的世界吗？当然，泰三这会儿再沉思苦想，也不可能想出什么答案。

"好，就这么办吧。"

强忍着不快，泰三挂上电话。

6

这天晚上，上野和元木两名助手来到大原家。泰三和由理子、吉江三人正在用餐，但都食不知味。

"辛苦了，很累吧？"

泰三迎了出来，两人深深鞠了一躬。泰三把他们让到客厅。

"我们这么晚过来，是因为有重要的事情要跟老师说。"

开口的是上野，语气和平常很不一样。一旁的元木姿势也很僵硬。

泰三来回看着两人问："什么事啊？"

上野瞥了一眼元木，然后低头盯着自己的手说："昨天夜里有件事情很奇怪。"

"昨天夜里？是离开这里以后？"

上野点了点头。"具体来说，是我到达宾馆以后。昨晚到达宾馆后，我像往常一样，首先检查一遍论文材料，结果发现少了一页。于是我十万火急地请元木帮我传真过来，本来这件事到这里就算解决了……"

"以前也有过这样的事情，那时也是传真过去的。"

"这件事本身没什么，问题在于，我是请元木帮我传真过来的。"

上野顿了一下，用舌头舔了舔干燥的嘴唇。"刚才老师也说了，以前也有过这样的事。但那时我记得是拜托神崎传真过去的，因为他的公寓离大学最近，有时候东西忘在大学里了，也会请他马上跑一趟拿回来。"

"嗯，是这样。"

泰三有些不耐烦。上野究竟想说什么，他完全不明白。

"其实这次我也是第一时间联系的神崎，但电话响了很多声，始终没有人接。我想就算他睡得再沉，也该被那么响的电话铃声吵醒啊。"

泰三伸向烟盒的手停住了。"你是说……他那时没在家？"

"我是这么觉得的……"

"那时大概是几点?"

上野微微闭上眼睛,好像是在搜索脑海里的记忆。"那是我到宾馆后不久的事,应该是一点半左右。"

就在这时,泰三背后传来什么东西打碎的声音,他立刻起身,打开房门。

由理子呆呆地站在门外,两眼看着泰三的方向,但实际上什么也没看到。在她脚边躺着银色托盘,咖啡杯的碎片、咖啡和砂糖散落一地。

"由理子,那个男人是神崎吗?"

这句话好像令她清醒过来,接着害怕什么似的向后退着,突然转身向大门跑去。

"站住!"

泰三追了上去,在她即将冲出大门前抓住她的手腕。吉江随后赶了过来,两名助手也一脸茫然地跟过来了。

"放开我!我要去他那儿!"

"你清醒点!"泰三扬起右手给了由理子一记耳光,她全身一下子泄了气。泰三抓住她肩膀用力摇晃。

"明白吗?那个人要杀你啊!他本想对你下手,但却错把直子杀了,他是凶手!"

"胡说!一定是什么地方弄错了。我要找他问清楚。"

"怎么可能会错!实际上那个人的确说了谎,不是吗?证人就在这里!"

"太荒唐了,那个人为什么非得杀了我不可?"

"因为和你的事情眼看就要败露。他害怕一旦被我知道，就会被永久赶出遗传工程学的领域。那家伙从前就是个工于心计的人，这么简单的事实你都看不明白……你可真是个傻丫头呀！"

"放开我！"

"你闹够了没有！"泰三又打了她一巴掌，然后抓着她，转向旁边呆望着这一幕的几个人。

"吉江，你带由理子回房间，让她好好冷静一阵子。然后打电话联系警察，白天来的那个刑警叫什么来着……"

"是高间吗？"

"对对，就是他。打电话请他来一趟，不用告诉他理由，只说请他过来就行了。"

"好的。"

吉江连拖带抱地把由理子带走了。目送着她们沿着走廊回去，泰三又把目光转向两名助手。

"对不起，能再去一次客厅吗？我还有事拜托。"

听了上野他们关于昨晚打电话的情况后，高间马上打电话回警局，安排人手找神崎问话。连泰三都听得出来，他的声音里透着一丝兴奋。

"谢谢你们提供了这一情况，这很可能是关键性的证据。"

高间向两人低头道谢，但上野他们却表情复杂地呆坐在那里。毕竟曾是同事，两人的心里当然不是滋味，这很容易想象。

"不过刚才所说的事，"高间看着记事本，挠了挠头，"就是神崎追求令爱的事……大原先生您是什么时候知道的？"

"我一点都不知道。"泰三闭上眼睛,无力地摇了摇头,"所以我正在反省,自己平常太粗心大意了。由理子她什么都没有告诉我。"

"你们也都不知道吗?"

刑警又询问起两个助手,上野和元木也回答说他们毫不知情。

神崎只是单方面迷恋由理子,而由理子对他并没有意思——泰三已经在心里想好了一套说法。神崎被逮捕归案后,有可能会把由理子怀孕的事告诉警察,不过他只要一口咬定自己不知情就行了。警察不会百分之百相信凶手的话,更重要的是,无论由理子有没有怀孕,都改变不了神崎是凶手的事实。只要在这期间偷偷让由理子堕胎,再让叶山证明她并无身孕,警方就会认为神崎是被捕后为了泄愤才信口污蔑。

至于上野和元木,也要交代他们守口如瓶,不能把刚才由理子的失态说出去。

"能否和令爱谈一谈?"

高间客气地问。泰三故意沉思了一会儿,然后皱着眉头说:"今天恐怕不太方便。"

"简单问几句就可以了。"刑警说。泰三还是摇头。

"今天发生了太多的事情,她已经筋疲力尽,早早就睡下了。我想以她现在的状态,只怕不适合谈话,能不能明天再问呢?"

或许是觉得泰三的话也有道理,刑警没再坚持,只是敲定了时间。"那我明天早晨再来。"

就在这时,客厅的电话响了。吉江立刻接起电话,但没说两句就把话筒交给了高间。"警官先生,您的电话。"

"喂，是我。"

高间把话筒贴在耳边，听着对方说话。一旁的泰三清楚地看到，他的脸色愈来愈不对劲。

由理子在二楼的一个房间里躺着。这本来是间客房，吉江临时铺了床被褥。由理子没开灯，从一躺下来就一直紧抱着枕头不放。

黑暗中响起砰砰的声音，是有人在敲门。由理子没理会，旋又传来轻微的嘎吱声，房门被轻轻推开，走廊的灯光映照进来。

"起来了吗？"是泰三的声音。

"什么事？"由理子问，声音异常嘶哑。

泰三把门又推开了些，走进屋子。但他没有开灯，只是缓缓来到由理子身旁。

"干什么呀？"由理子愠怒地说道，抬头望向父亲。门口漏进的灯光照在他脸上，他的眼里闪着光芒。

泰三做了个深呼吸，然后低声说："听说神崎……自杀了。"

7

发现神崎尸体的是辖区警局的刑警。他受局里指派来到神崎的公寓，按门铃后却没有人应门，于是从厨房的窗户往里张望，赫然发现神崎伏在厨房的饭桌上。刑警立刻和房东联系，用备用钥匙打开房门。

神崎是因右颈割伤，出血过多而死。他的右手无力地垂着，疑似凶器的刀子就掉落在下方。从刀的形状和大小来看，可以认定与杀死大原直子的是同一把刀。

他的衣服没有撕扯的痕迹，现场也未发现搏斗的迹象。

"而且有试刀伤。"尸检时在场的高间向随后赶来的刑警说明，"在致命伤的上下方有三处平行的较浅伤痕，这证明死者一开始下不了决心，几次自杀都没有成功。出血的情况也很吻合，看样子应该是自杀。尸体解剖也没有必要了吧。"

"好像没有遗书。"那位刑警说。

"可能是留给我们自己判断动机吧。我想他是向女方求爱被拒后老羞成怒，于是就决定把她杀了，没想到却杀错了人。走投无路之下，只有一死了之。"

"他最初应该是准备和女方一起殉情的。先杀了女方，再自杀。连刀子也是用同一把，就像戏剧里的一样，不是吗？"

"不管是什么动机都无所谓了。总之，真郁闷。"

虽然凶手死了令人沮丧，但案子本身得到了解决，高间等人多少有些安慰。

8

案发一周后。

有人打电话到和英大学遗传工程学研究室，接电话的是泰三的助手元木。

"上野先生在吗？"

是个年轻女子的声音，语调沉稳，发音也很清晰。

"上野出差了，今天回不来。"

"那你是元木先生吗？"

"是的。"

电话那端似乎松了口气。

"我是东北大学的立仓。因为没能参加前几天的学术会议，想请上野先生把他的发言材料复印一份给我。如果可以的话，我现在就过去。"

"可以倒是可以，但如果只要发言材料，和会议论文集上刊登的是完全一样的。而如果是其他资料，我一个人无法作出决定。"

"我只要发言材料就可以了。论文集里因为缩印的关系，图很难看清楚……"

这的确是事实。他自己也常常不满地想，字体就不能再放大一点吗？

"好吧，我下午有时间。"

"那就拜托了。"说完，她挂了电话。

下午一点，女子从接待处打来电话，元木在理工学院专用的大厅和她见了面。

"让您特意过来，真不好意思。"

看到眼前跟自己寒暄的女子，元木不由得瞪大了眼睛。女子留着乌黑发亮的披肩长发，体态看起来不像日本人，弧度迷人的双唇很有魅力，而且散发着知性的气质。虽然戴着眼镜，细长的眼睛却明亮清澈。

上野那小子，从哪儿认识她的？

元木有点——不，该说是相当忌妒。

为了给对方留下好印象，他亲自把资料复印好，交到她手上。女子一边逐页核对，一边感谢他的殷勤相待。

"我听上野先生说……"

女子提起上野到宾馆后才发现资料不齐的事情，为了和她多聊几句，元木马上接着这个话题谈开了。

"啊，那件事啊，当时可折腾得够呛呢。"

元木极力强调自己费了多大的周折，才把资料及时传真过去。

"可是上野先生说，他绝对不可能没带齐，出这种岔子实在不可思议。"

"说得也是，因为我们也帮他核对过。"

"少的那一页是忘在大学了吗？"

"不是，这一点也很让人费解。哪儿都找遍了，到最后也没找到。好在我们事先复印了好几份，所以问题不大，但丢失的资料就再也没出现过。"

"是吗？这可真是怪事啊。"

之后女子再次向他道谢，然后欠起匀称的身体告辞。元木已经想不出借口来挽留她，而且也没有勇气再约她，只能简单地致意后便目送她离去。

回到研究室后，上野正好打来电话。元木酸溜溜地告诉他一位自称立仓的女子来访的事。

"认识了这么漂亮的大美女，居然一点风声都不露，什么人啊！"

"等、等等,我不认识这个女人啊!"

"不认识?怎么可能,人家都说认识你啊。"

"真的不认识。你刚才说她叫什么名字?立仓?好生僻的姓,我根本不认识这个女人。"

"那可真是奇怪了。"

元木放下话筒,纳闷地思索着。

那么,那个女子到底是谁呢?

9

直子的头七过后,大原家基本恢复了平静。泰三从书房眺望窗外,深深地呼出一口气。

丑闻总算过去了。

由理子虽然因受了打击躺了好几天,但从两三天前开始,也渐渐恢复了精神。到底是年轻,再大的打击也能重新振作起来。

她主动提出打掉孩子。

关于这件事,泰三已经嘱咐过叶山,让他找个合适的时机神不知鬼不觉地处理好。叶山回答说一定尽力。泰三不知道他打算用什么手段,但心里却明白,要想事情做得秘密,少不得要给点钱。

泰三突然想起什么,用内线电话问吉江:"由理子去哪儿了?"

"和朋友出去买东西了。"

"这样啊。"

"您有什么事吗?"

"噢，没什么。"

他结束了通话，满意地点点头。

正当泰三在书房里小憩时，内线电话响了。这回是吉江找他。

"俱乐部的人说想见您……就是以前来过的那一男一女。"

"请他们进来。"他吩咐道。

"本来想跟你们联系，但这阵子事情太多，忙得抽不出时间。"

侦探和女助手来到书房后，泰三交替看着两人说。

"我们知道您的状况，所以一直等到今天才来。"

侦探口齿清晰地说。

"谢谢你们的惦念，不过既然委托的事已经以这种方式解决了，我看调查就到此结束吧。至于酬金，希望你们列一份费用清单给我……"

泰三以为两人今天来的目的是商谈费用问题，但侦探却好像没听到他的话，默默地从公事包里拿出一份资料。

"这是调查结果。"侦探用干涩的声音说。

泰三看看那叠报告，又看看侦探，然后目光严峻地问："这是怎么回事？"

"这是调查结果。"侦探重复了一遍，"里面记录了关于令爱交往对象的调查结果。"

"但那已经不需要了，你们也知道的啊。和由理子交往的是神崎，这件事已经解决了。"

"您错了。"

"哪里错了？"

泰三把报告推回给侦探。侦探低头瞥了一眼报告，重新望向泰三。

"由理子小姐交往的对象并不是神崎，所以我们才会向您提交这份报告。"

泰三不悦地扬起眉。"你说什么？"

侦探动作沉稳地翻开资料的第一页，放到泰三面前。那上面贴着由理子进入某栋公寓的照片。

"这栋公寓是……"

很眼熟的公寓。泰三下意识地握紧了报告。

"是的。"侦探目光冷冷地说，"这是叶山的公寓。"

泰三忍不住全身发抖，大颗汗珠顺着太阳穴滑落下来。

"怎么会有这种事。"他呻吟般说，"一定是哪里弄错了，她只是偶尔去了一趟那家伙的公寓。"

"还有其他照片。"侦探面无表情地说，"比如两人一起走进城市酒店的场景。如果您不相信，我们还可以补充更多的证据。"

"那……那神崎是怎么回事？难道杀死直子的不是他？"

"不是。他也是被人杀死的。直接下手杀他的，应该是叶山吧。"

"那么，直子也是被叶山……"

"是的。让我先告诉您结论：这次的案件完全是由理子小姐和叶山巧妙策划的。"

"你说什么？由理子和直子可是姐妹啊！"

泰三气得腾地站起身来。侦探抬眼看着他，皱起的眉头带着一丝悲伤。这是这个男人少有的表情变化，但转瞬就消失了。

"关于动机,我们稍后再谈。"侦探说,"我想先说一下他们的整个犯罪计划。不管怎样,请您先听听吧。"

泰三紧握着拳头看着侦探,却不知道该说什么好,终于又在椅子上坐了下来。

"我们先来分析研究室助手——我是指上野和元木——他们的证词。根据他们的证词,案发当夜一点半左右,上野给神崎打了电话,但是没有人接听。由此大家开始怀疑神崎,但他真的不在住处吗?"

"如果在的话,就应该接电话呀。"

"正常情况下是这样,没错。另外上野丢了一页资料,始终没有找到。离开研究室时他认真核对过,应该全部带齐了,到宾馆后却发现少了一页,那么,资料是在哪儿丢的就显而易见了。"

"你的意思是说,是在我家吃饭的时候不见的?"

"准确地说,是在吃饭时被由理子小姐拿走的。"

泰三想说什么,但又咽了回去。当时上野的公事包确实放在别的房间。于是他只低声说了一句:"继续说。"

"上野到达宾馆的时间,从往年的情况可以推测出来,约在凌晨一点到两点之间。入住后他的第一件事就是核对资料,如果这时发现资料不齐,一定会给神崎打电话。几年前发生同样失误时,也是这样处理的。"

"你是想说,他们是刻意布下这个局,算好了这种时候上野一定会给神崎打电话?可是我也说过几遍了,如果神崎在家,不会不接电话。根据上野的证词,当时电话铃声响了很长时间。"

"关于这一点,我现在来说明。由理子不仅偷偷抽走了一页资料,很可能还做了另一个手脚,就是给神崎喝下安眠药。"

"安眠药?"

"是的。只要放在清酒或啤酒里让他喝下去,很容易就能得逞。"

"神崎被设计喝下了安眠药,所以听不到电话铃声,是吗?"

"不,如果安眠药效力强劲到这种程度,只怕神崎还没回到公寓就睡着了。而且就算睡得再沉,也不能保证不会被电话铃声惊醒。所以给神崎下安眠药的目的,是为了给叶山潜入他的房间做准备。"

"潜入房间?房门不是锁上了吗?"

"如果有由理子小姐的帮助,配一把备用钥匙并不是什么难事。神崎平时经常出入大原家,只要找个机会向他借一下钥匙,印下钥匙模型后再配一把就可以了。那么,叶山潜入神崎房间后会做什么呢……现在我可以回答您刚才那个疑问了。也就是说,"侦探右手轻轻握起,模仿打电话的动作,"即使这边拨通了信号,只要那边的电话没有响,对方就不会接电话。"

"你是说,叶山在电话铃声上捣了鬼?"

"没有捣鬼那么严重。现在的电话线都是用插头连接到电话机上的,很容易拔下来。所以只要拔掉电话线,电话铃声就不会响。"

"即使对方拔掉了电话线,这边也能听到嘟声吗?"

"能听到,您要试一下吗?"

"不用了……"

泰三自己都感觉到声音没了底气。这些事情他确实一窍不通。

侦探继续说道:"完成这件事后,叶山返回自己的公寓,等待时机动手。在这期间,应该是由理子小姐在做准备工作。"

"准备杀死直子?"

泰三脸色阴沉地问，他的声音在颤抖。

侦探做了一个深呼吸，简短地回了一句："是的。"

泰三痛苦地扭过脸去。

"直子小姐很可能并没有走错房间。被害时，她应该是睡在自己的床上。由理子小姐把从卫生间窗户翻进来的叶山引到直子小姐的房间，两人杀害直子小姐后，又把尸体移到由理子小姐的房间。"

泰三深吸了一口气，问："血没有溅出来吗？"

"一刀刺入心脏毙命的情况下，几乎不会出血。如果不拔出刀子，就更加不会了。"

泰三抽动着喉咙想咽口唾沫，但嘴里一滴唾沫都没有。

"把这边料理停当后，叶山再次潜入神崎家，把电话线恢复原状后返回自己的公寓。"

"可是……可是，神崎不是自杀的吗？"

"从表面上看的确是这样，但也有可能是伪装成自杀。比如，叶山用配的钥匙潜入神崎家，在神崎毫无防备地回来时用氯仿把他迷昏，杀了他后再伪装成自杀。因为对方毫无抵抗，所以任由他摆布。要制造出类似试刀伤的伤痕，对于当医生的叶山来说也并不困难。当然，这些只是我的推测，目前还没有确凿的证据，我只是想说，自杀的结论不是没有被推翻的可能。"

泰三是抱着头听完侦探这番话的，这时他放下双手，挺直后背，重新端坐在椅子上，直视着侦探。他终于下定决心问一个问题。

"告诉我，动机是什么？"

泰三的语调很平静，和刚才判若两人。

侦探娓娓道来。"依照我们的推测，由理子小姐他们最初是想杀死神崎，为了达到这一目的，直子小姐就成了牺牲品……"

"荒唐！怎么能为这种理由杀害自己的姐姐？"

"不，还不止这些。由理子小姐也想把直子小姐一并杀了。自从直子小姐来到这个家，您的感情几乎都倾注在她身上。或许是因为十多年来她吃了很多苦，对她的歉疚促使您尽力补偿吧。但对同样是您女儿的由理子小姐来说，直子小姐只是一个半道上突然杀出的侵略者，夺走了父亲全部的爱和关心。也许从好几年前，由理子小姐就希望直子小姐死掉吧。您可能觉得直子小姐像把折叠刀一样，却没注意到在这期间，由理子这朵蔷薇也开始长刺了。"

"可是……会把有血缘关系的姐姐……"

"这的确是个疑问。"侦探用力点头，"我们也考虑了这个问题。无论有什么理由，一个人真能忍心杀害自己的亲人吗？血缘关系拥有不可思议的力量，很多时候不管多么憎恨都会原谅对方，只因为彼此血管里流着相同的血液。于是我们换了个角度来分析这件事，也就是由理子小姐和直子小姐到底有没有血缘关系。"

"你说什么啊，她们当然有血缘关系！"

"您是父亲，在血缘关系的问题上，恐怕无法下任何结论。"

泰三一时哑然。作为父亲，他确实没有任何证据可以证明这一点。

"那么，让我出示一份您一目了然的证据吧。向您这位遗传工程学的权威说这种事情，真是让您见笑了。"

说着，侦探翻了几页报告，然后问泰三："您的血型是 A 型吧？"

泰三点了点头，接着补充了一句："直子和由理子是 B 型。"

"您说得没错。顺便问一下，您知道直子小姐母亲的血型吗？"

"知道，是 B 型。由理子的母亲是 AB 型。"

侦探的目光落在报告上，然后微倾着头说：

"可是，那是错的。"

"错？什么错了？"

"由理子小姐的母亲不是 AB 型，而是 A 型。这是从她生由理子时住的那家医院调查到的，所以不会有错。"

"由理子……难道不是我的女儿？"

都是 A 型血的父母不可能生出 B 型血的女儿，这是百分之百确定的。

"很遗憾，确实是这样。"

"那她到底是谁的孩子？她母亲还有别的男人吗？"

说到这里，泰三突然想起了往事。二十年前，他夺走朋友的恋人结了婚。那个朋友就是已经过世的菊井副教授。

"难道是菊井的……"

侦探没有点头，而是说了句："菊井副教授是 B 型血。"

泰三的脑海瞬间一片空白。二十年前妻子的身影浮现在眼前，但立刻就消失了。由理子是在两人结婚一年多后出生的，这说明婚后妻子依然和菊井有来往。这样一想，泰三也觉得由理子完全不像自己。

"是吗……她是菊井的女儿？"

"我再补充一点，神崎曾经在菊井副教授手下作研究。"

"你是说神崎知道由理子不是我女儿？"

"很有可能。我猜是他告知了由理子小姐这个秘密，不过也不排除由理子小姐之前就知道了自己的身世。总之，神崎把这件事告诉了由理子小姐，并以此来威胁她。"

"威胁她？"

"这是我的推测。我不知道神崎勒索的是金钱还是肉体，抑或两者兼有，但总之给由理子小姐带来了很大的压力，所以她必须杀掉神崎。分析到这里，一切都豁然开朗了。由理子小姐不是您的亲生女儿，因此首先要杀死知道这件事的神崎。另一方面，她也恨直子小姐。这两股杀机交织在一起，她就起意先杀了直子小姐，再嫁祸给神崎。"

"然后叶山做了帮凶是吗……"

"由理子小姐和叶山从何时起有了密切的关系，现在还不得而知，但恐怕不是最近。站在叶山的立场，和由理子结婚可以得到巨额财产。但要实现这个企图，由理子小姐必须有大原家的血统。从这层意义上说，他也有杀人动机。而且通过这次的事情，您和由理子小姐都被他抓住了把柄，以后只有言听计从的份儿，对他来说可谓一箭双雕。"侦探的大段分析结束了。他喝了一口已经凉了的茶，润润发干的喉咙。

泰三依旧坐在椅子上，现在他连站起来的力气都没有了。他用尽全力控制着自己，才没有发出痛苦的喘息声。

"这么说……"他好不容易才说出话来，"这么说怀孕的事也是谎言？"

"是的。"侦探的声音听起来异常干涩。

"由理子她……现在在哪里？"

侦探再次将报告的第一页送到泰三面前。那上面贴的是用即显胶片照相机拍下的由理子进入叶山公寓的照片。

"打个电话过去,您自己确认一下怎样?"

泰三按下电话键时,由理子正睡在叶山的床上。

这些日子她常常难以入睡,恐惧如影随形,时刻担心计划会被人揭穿,也许明天警察就会出现在她面前。

然而一切都进行得很顺利。出现在她面前的人,个个都向她表示同情,丝毫不疑有他。

她一点都不后悔。

神崎是必须要杀的,直子也应该死。

直子夺走了全部的父爱。

如果知道她不是自己的亲生女儿,父亲恐怕更不会多看她一眼了。

所以她做得一点都没错……

由理子靠在叶山的胸前,闭上了眼睛。

耳边传来他规律的心跳。

枕边放着电话。但电话线已经拔掉了,即使有电话打来也不会响。每次他们在一起时都是这样,没想到竟然在作案时派上了用场。

泰三依然握着话筒,耳边的铃声一直在响。

他就这样听着。

侦探们的身影已经消失了。

图书在版编目（CIP）数据

侦探俱乐部 /〔日〕东野圭吾著；李盈春译 . － 2 版 . －海口：南海出版公司，2015.8
（东野圭吾作品）
ISBN 978－7－5442－7619－1

Ⅰ.①侦… Ⅱ.①东…②李… Ⅲ.①短篇小说－小说集－日本－现代 Ⅳ.① I313.45

中国版本图书馆 CIP 数据核字（2015）第 004997 号

著作权合同登记号 图字：30－2012－149

TANTEI CLUB
by KEIGO HIGASHINO
© Keigo Higashino 1990, 2005
Edited by KADOKAWA SHOTEN
First published in JAPAN in 2005 by KADOKAWA CORPORATION, Tokyo.
Chinese translation rights arranged with KADOKAWA CORPORATION, Tokyo
through DAIKOUSHA INC., Kawagoe.
All rights reserved.

侦探俱乐部
〔日〕东野圭吾 著
李盈春 译

出　　版	南海出版公司　（0898）66568511
	海口市海秀中路 51 号星华大厦五楼　邮编 570206
发　　行	新经典发行有限公司
	电话 (010)68423599　邮箱 editor@readinglife.com
经　　销	新华书店
责任编辑	张　锐
特邀编辑	王　雪
装帧设计	金　山　朱　琳
内文制作	王春雪
印　　刷	北京中科印刷有限公司
开　　本	890 毫米 ×1270 毫米　1/32
印　　张	7
字　　数	150 千
版　　次	2013 年 1 月第 1 版　2015 年 8 月第 2 版
印　　次	2023 年 12 月第 26 次印刷
书　　号	ISBN 978－7－5442－7619－1
定　　价	32.00 元

版权所有，侵权必究
如有印装质量问题，请发邮件至 zhiliang@readinglife.com